サキの忘れ物

津村記久子

新潮社

目次

装画　嶽まいこ
装幀　新潮社装幀室

サキの忘れ物

サキの忘れ物

その女の人は、母親よりは年寄りで、祖母よりは若く見えた。月曜から金曜のほとんどの日の午後八時ぐらいにやってきて、閉店の九時までだいたいちょうど一時間、本を読んで過ごす。土日のどちらかも、昼の三時ぐらいにやってきて、二時間か三時間ぐらい座っている。女の人が初めて来たのはいつかは思い出せないけれども、七月の終わりには、よく来るなと思うようになっていたので、たぶん三か月は店に通っているのだと思う。席にはこだわりはないし、メニューの中のいろんなものを注文する。ブレンドコーヒーだけの日もあれば、ココアとチーズケーキという日もあるし、クリームソーダを頼む日もある。千春は、あんなふうにおばさんでも、一人で喫茶店に入ってクリームソーダを飲むことってあるんだ、と単純に驚いた。自分はあんなぐらいにまで年を取ったら、きっとクリームソーダなんか欲しくならないだろうと千春は思っていたのだった。そういうふうに落ち着くというか、大人の振る舞いが自然に身に付くとでもいうように。

病院に併設の喫茶店にもいろいろあるみたいだけど、うちは遅くまでやってるし、メニューも多いほうだと思うんだよね、とこのアルバイト先の先輩の菊田さんは言っていた。あの人はじゃあ、病院通いしてるとかじゃなくて、ただ好きでここの店に来てるのかな？　と千春はつい二十歳以上年上の菊田さんにため口で話してしまったのだが、菊田さんは千春の無礼には慣れている様子で、どうだろう、病院のロビーで同い年ぐらいのべつの女の人と話してるところを見たことがあるよ、と答えた。菊田さんの娘さんは、夜の九時になると菊田さんを迎えに来て、いつも二人で帰って行く。この喫茶店が家から塾までの通り道にあるらしい。娘さんはけっこう勉強ができる、と菊田さんは自慢していた。千春は、塾に行っても少しも続かなかったし、十八年の人生で勉強ができたと思ったことが一度もないのだが、母親が他人に自分のことを自慢したり、娘さんが迎えにきたり、お母さんを迎えに行ったりすることはうらやましいと思う。

女の人は、今日は紅茶のダージリンとシフォンケーキを頼んだ。そんなに分厚くない文庫本を読んでいた。女の人の空になったグラスに水を注ぎながら、千春は、あのぐらいの薄さなら自分にも読めるかもしれない、と少しだけ女の人の手元を覗き見たのだが、やはり字だけが並んでいる紙面を目にすると怖じ気付くのを感じた。

「千春、こっちにも水、水！」

窓際の四人席で、美結《みゆ》が声をあげるのが聞こえる。美結は今日はバイト先の友達の女の子を一人連れてきていて、ずっとアイドルのグループが踊っている動画を見ている。イベントでこっそり録画したものらしい。美結はいつも窓際に座る。近くにある背の高いランプの電源であるコンセントに、自分の携帯やモバイルバッテリーの充電器を差すためだ。美結の携帯はいつもバッテリー残量がほとんどない。

千春が美結とその友達のグラスに水を注ぐと美結は、千春も見なよ、ほら、と大きめの携帯の画面を通路の側に向けてくるのだが、千春は何がいいのかわからないでいる。高校に通っていた頃、美結に話を合わせるためにその中でいちばん地味な誰かを好きだと言った覚えはあるのだが、千春が本当に好きだったのは、二か月前に別れた悠太だった。中学の時からクラスで目立っていた悠太と、高校をやめてから再会して付き合うようになったのだけど、三股をかけられていたことがわかって別れた。千春は、二人目の優先順位の浮気相手という存在だった。それでもべつに良かったのだけど、悠太の方から、連絡するのが面倒だから、別れるわ、と言ってきたのだった。千春はそれを受け入れるしかなかった。

ずっと動画を見ているわけにもいかないので、すごくかっこいいね、じゃあ仕事に戻るね、と平たく言い残してその場を離れようとすると、美結は、この店暇なんだからいいでしょ、と大きな声で不満そうに言う。千春は、厨房にいる病院から雇われている店長の谷中《やなか》さんに聞こえてやしないかとびくびくする。

菊田さんが悲しそうに首を横に振るのを視界に入れながら、谷中さんに美結の声が聞こえて怒ったりしていないかが気になったので、厨房に入って皿洗いの手伝いをするふりをする。けれども今日は暇だったせいで、洗い物はほとんど済んでしまっていて、谷中さんは一心不乱に明日の分のチーズケーキの生地をボウルでかき混ぜている。美結の言葉に怒ったりしている様子はまったくなかった。それでも、すみません、と千春は言いたかったが、谷中さんの真剣な様子の邪魔をしてはいけないと思って、結局コーヒーカップとソーサーを二組洗っただけで厨房を出てくる。

ラストオーダーが終わり、閉店の九時まであと十五分というところまで時間が過ぎると、千春と菊田さんは、美結とその友達と、本を読んでいる女の人が使っている以外のテーブルを拭き始める。美結と友達は、ときどき笑い声をあげて、女の人は静かに本を読んでいる。シフォンケーキの皿を下げ、厨房で洗う。紅茶はまだ少し残している。たぶん、飲み干してしまうと店に対して居る権利がなくなってしまうからと思っているのだろうけれども、いつも来てくれているからべつにそんなことしなくていいのに、と千春は思う。

九時の閉店を迎えても、美結とその友達はやっぱり楽しそうに笑いながら動画を見ていたし、本を読んでいる女の人は本を読んでいた。女の人はいつも、閉店ですので、とこちらが言う前に必ず席を立つので、今日は特に本に夢中になっているのだろうと千春は思いながら近付いていった。

夢中になれるものがあってうらやましい。自分には何にも夢中になれるものがない。どうやってそういうものを探したらいいのかもわからない。

「あの、当店は九時で閉店となっております」

千春の言葉に、女の人ははじかれたように肩を震わせて、あ、ごめんなさい、ほんとに、とそそくさと席を立ち、上着とバッグをかき集め、そのままレジへと向かった。ちょうど、菊田さんが美結たちに声をかけているところだったので、千春も会計をするために女の人の後ろをついて行く。お金を出しながら、女の人はまた、ごめんなさい、と言って、ちょうどを払い、千春に向かって何度か会釈をしながら逃げるように店を出ていった。

そんなにあやまることないのに、と思いながら千春が出入り口の自動ドアを眺めていると、美結とその友達がやってきて財布を出す。美結はレモンスカッシュを注文し、その友達はミルクを注文したのだが、美結は、ミルクの方はいいでしょ？　と首を傾げる。

「だめだよ。店長に怒られる」

「たった二百円じゃない」

「だめだよ」

本当は、もしかしたら、千春がバイト代から出せば良かったのかもしれない。レモンスカッシュもミルクも、となると五百円を超えるから出すのはつらいけれども、二百円なら少額に思える。千春の時給は八五〇円だから、十五分弱働くぐらいの稼ぎの額だ。そう考えるとまったく大したことはないように思える。

けれどもその日、千春は首を横に振った。

「なんで、二百円なのに？」

美結も、その友達も、不満そうに千春をじっと見つめてくる。あと十秒でもそうしていたら、千春は言うことを聞き入れると確信でもしているかのように。

しかし千春は、今日だけはどうしてもいやだ、と思った。明日は平気かもしれないし、これまでも美結の代金を立て替えたことはあったけれども、とにかく今日はできないと思った。

結局、美結の友達は二百円を払い、美結は負けてもらえなかった彼女以上に納得がいかない様子で、千春を睨みつけながら店を出ていった。もう来ないから、という美結の声が聞こえた。千春は、自分はこんなことで唯一の友達を失うのか、今から追いかけて二百円を握らせればいいのだろうか、とものすごい速さでいろんな考えが頭の中を駆けめぐるのを感じながら、しかし何もせずにじっと立っていた。

いつのまにか、菊田さんがそばに来ていて、困ったように千春を見つめていた。千春は、友達を怒らせたかもしれないということについて、何か菊田さんがコメントをしてくれるのを期待したが、菊田さんは、レジ閉めよう、と言っただけだった。売り上げを数えながら、千春は気まずい思いをした。あんな意地を張ってしまったせいで美結を怒らせるし、こんなふうに菊田さんともぎくしゃくするんなら、二百円ぐらい自分の財布から払っておけば良かった、と思う。もっと高い額を出したこともあったのに、どうして今日は我慢できなかったのだろう。

美結は、実はそこそこ家が裕福で、いつも高い服を売っている店に千春を連れていって買っていたが、そのせいか逆に小さな額には無頓着で、忙しいから店員がめったに見回りに来ないマックで席だけ取って、何も飲まず食わずで過ごしたりすることがあった。千春はいつも、店員に見つかったらどうしよう、とたまらなく怖かったのだが、美結は、だってここ、いちばん安いのが百円だよ、払っても払わなくても一緒じゃない、と言っていた。

高校をやめたのは、放課後に美結とそんなふうに過ごすのが嫌になったからかもしれない。美結のことは好きだし、高校で仲良くしてくれるのは美結だけだったから、友達ではいたかったけど、ただあの乗り換えの駅のマックから千春は逃げたかったのかもしれない。高校には、興味の持てることも楽しいと思えることも何もなかったから、それだけの理由でやめても未練はなかった。両親はちょっと反対したが、それ以上は言わなかった。二人とも、千春のことにエネルギーを使うのが面倒なのだ。父親は、家の中の女よりも家の外の女の人のことを気にかけていたし、母親は、だからといって夫から離れるということができずにいた。

乗り換えの駅のマックから逃れることはできても、千春はバイト先に訪ねてくる美結からは逃げることができなかった。病院併設の喫茶店だからという理由なのか、比較的安い飲食代を、安いから立て替えてくれ、と美結はときどき千春に要求した。

「二百円ぐらい負けろって言うんなら、二百円ぐらい出せばいいのにね」

菊田さんが、歩道に面した窓の向こうを娘さんが歩いてくるのを眺めながら、ぽつりとそう言う。千春を慰めるためというよりは、姿だけが見えた娘さんに対して示しをつけるためのようだった。

菊田さんの娘さんが店に入ってくる前に、無事売り上げの計算を合わせて、二人は帰り支度を始めた。菊田さんの娘さんは、普段は体験することのない誰もいない喫茶店のフロアを、いつものように楽しそうにうろうろと動き回った後、これ、置きっぱなしだったんだけど、と本を一冊持ってきた。いつもやってくる女の人が読んでいた、少し薄いめの文庫本だった。書店のカバーが掛かっている。

「サキ、だって太田さん。でも写真は男の人だ」

「こら、勝手に中見ちゃだめでしょ」

菊田さんはそう言って娘さんから本を受け取り、千春に渡してくる。私服に着替えてフロアに出てきた谷中さんに向かって千春が、忘れ物なんですけど、と文庫本を示すと、どうしよ、レジの下の棚の忘れ物入れに置いといて、と答える。千春は、レジを置いている台の棚に文庫本を入れようとしながら、菊田さんの娘さんの言うことを思い出して、少しだけ表紙をめくってみる。なんとかサキという日本人の男の人かと思ったら、違った。サキというだけの名前の、外国の男の人が書いた短篇集のようだった。薄い本なのに、目次にはたくさんタイトルが載っている。

千春は、忘れ物の棚に本を置くのをやめ、自分のトートバッグに本を滑り込ませた。きっとあの女の人は明日も来るから、明日持ってきたらいいのだ。とはいえ、すごく失礼なことをしているのではということは、直感的にわかる。

でも私本なんか読めないいし。何かあの人にとって都合の悪いことが書いてあってもどうせわからないいし。

これまでの人生で、最後まで読めた本は一冊もない。国語の教科書に載っていた小説なら、授業で読んだことはあるけど、誰も恋に落ちたり死んだりしないから起伏がなくて、何がいいのかわからなかった。

ならばなぜ持ち帰るのか、という自問については答えを出せないまま、千春は谷中さんや菊田さん親子と一緒に店を出る。菊田さんの娘さんは、塾の小テストが一〇〇点だったんだ、と菊田さんを見上げて、ちょっと恥ずかしそうに話している。科目は理科らしい。

いつも谷中さんと菊田さん親子と道が分かれる交差点を過ぎた直後に、千春はどうして本を持ち帰ったのかを思い出した。まだ自分が悠太の浮気相手だと知らなかった頃、結婚して子供を産んだら、女の子なら「サキ」という名前にしたいと思っていたのだ。漢字はよく知らないからどんなのでもいい。音が大事だった。他《ほか》にもいくつか候補があったけれど、「サキ」はそのリストの上の方の名前だった。

でも本を書いたのは男の人だというのが不思議だった。どうせ本は読まないけど、家に帰ったらその男の人の写真をゆっくり眺めようと思った。それでどうするということはない。自分のやることのすべてに意味なんてないのだ、と千春は高校をやめる少し前からずっと思うようになっていた。だからきっと、何をやっても誰もまともに取り合うはずもないのだ。この本の持ち主の女の人もきっと。本を持って帰ったと打ち明けたところで、そうなの、とただ言って受け取るだけだろう。千春自身にも特に意図はないのだし。

まともに取り合って、私がまともに取り合ってもらったことなんて今まで一度でもあったのかな。

千春はそう思いながら、十月の終わりの夜道を帰っていった。来週からはコートが必要になるな、と思った。

*

「サキ」は鼻が高くてとがった、二重まぶたの、おでこの広い物静かそうな男の人だった。千春が自分の娘として想像していたサキとはずいぶん違う。どんな話を書いているのか、千春はその男の人の顔立ちから予想しようとしてみたのだが、まったく考えつかなかった。ラブストーリーなのだろうか？　それとも人殺しの話なのだろうか？　それか、宇宙で戦争をするような話だろうか？　千春が知っている話は、だいたいその三種類だったが、その男の人は、そのどれもを書きそうになかった。

いや、ラブストーリーかもしれない、と千春は書店のカバーを外し、ベッドの上に座り込んで写真をじっと眺めながら考える。高校に通っていた時に、国語の資料集でしわしわのおじいさんが恋愛小説を書いているというのを読んで、こんなおじいさんが、と思ったことがある。だからそういうものは誰だって書くのだろう。

「サキ」はビルマで生まれたということが、カバーの裏には書いてあったけれども、千春はビルマがたぶん国だということは予想できたけれども、どこにあるのかわからなかった。

携帯で検索するのも面倒に感じたので、お茶を淹《い》れ直すために部屋を出た時に、洗面所にいた母親に、ビルマって知ってる？　とたずねてみた。顔に化粧水をつけていた母親は、何秒かしてから、鏡を覗き込んだまま、知らない、と聞こえないぐらい小さな声で答えた。千春は、訊《き》くだけ無駄だった、と思いながら、電気ケトルに水を注ぎに台所へと向かった。

＊

ビルマってミャンマーのことだろう、と話をややこしくしたのは店長の谷中さんだった。次の日、出勤してすぐにたずねてみたのだった。谷中さんと千春は、普段ほとんど私語をすることがないので、谷中さんはびっくりした様子だった。そしてすぐに答えてくれたものの、返ってきた答えは千春には不十分だった。

「ビルマはミャンマーなんですか？」

「ビルマが民主化してミャンマーになったんだよ」

「どこにあるんですか？」

「東南アジアだよ」

「東南アジアのどこですか？」

千春の問いに、谷中さんは首を傾げて、あのへんはややこしいからなあ、俺もあいまいなんだ、と言ったところで、最初のお客さんがやってきて、話は途切れてしまった。

おばあさんと、おそらくその娘さんと思われるおばさんのオーダーを取りながら、どうしてそんなことを訊くの？　と言われなくてよかったと千春は安堵《あんど》した。あと自分で『民主化』が何なのかがなんとなくわかったこともよかった。『独裁』じゃなくなることだ。たぶん。

どうしてあんなことを訊いてきたの？　と言われるのが怖くて、その午前はそれっきり谷中さんと視線を合わせるのは避けた。けれども谷中さんは、仕事のこと以外では自分からぜんぜん話しかけてこないし、仕事がちゃんとできているかということ以外は何も気にならない質《たち》の人なので、千春も午後からは「目を合わせないようにしよう」と思ったことは忘れてしまった。

「サキ」の本は、出勤と同時にレジの下の忘れ物の棚にしまった。薄いわりにたくさん話が入った本だったけれども、その分どれを読んだらいいのかということがまったく判断できなかったので、千春は読むことを諦めた。最初の話から読めばいいだろうとも思ったのだが、読めるけど意味のわからない単語がいくつか出てきたので、たちまち読む気をなくした。

慣れないことをやるもんじゃないな、と思った。それと同時に、自分にとって慣れてることなんてこの世にあるのだろうかとも思った。この店の仕事だろうか。そういえば、昨日はあんな別れ方をしたのに、自分は美結にメッセージを送らなかったし、美結からも何も来なかったなと思い出した。そのことに対して自分が何も感じていないのが不思議だった。いつもそうだったのだ。美結は千春に何かを頼みたい時だけ、自分から連絡をしてくる。とはいえ、美結にできなくて千春ができることもほとんどないので、学校帰りに店に行くよ、応対してくれないと困るから休憩は早く取っておいてね、ぐらいのものだったけれども。

本を店に忘れた女の人は、いつもと同じように夜の八時にやってきた。女の人は、席に着くなり申し訳なさそうに、私昨日忘れ物をしていったかもしれないんですけど調べてもらえますか？　文庫本なんですが、と千春に言った。千春は、ありましたよ、とうなずいてすぐに忘れ物の棚に取りに行き、女の人に本を渡した。女の人は、よかった、電車に忘れてたら買い直そうと思ってたんだけど、とうれしそうに笑って本を受け取った。

「ここに忘れててよかったです。電車だと手続きが面倒だし、たぶん戻ってこないから」

「そうなんですか」

ここに忘れてよかった、というのはなんだかへんな表現だと千春は思う。でも、女の人がとても喜んでいる様子なのはよかった。

「サキ」はおもしろいですか？　どんな話を書いているかわからない顔の男の人ですね。私は別れた彼氏と付き合ってた頃、この人と結婚して娘ができたらサキっていう名前にしようと思っていました。

千春は、頭の中でそう言いながら、女の人のオーダーを取った。珍しいことだった。千春が誰かに何かを話しかけたいと思うことは。何を話しかけたいか、ちゃんと頭の中に文言が出てくるということは。

女の人は、チーズケーキとブレンドコーヒーを注文した。チーズケーキは、昨日帰り際に谷中さんが仕込んでいたもので、たぶん最後の一きれだったはずだ。

あなたは運がいいですよ。

千春はそう思いながら、もちろんそれも口にはしなかった。

手順通りコーヒーを淹れて、チーズケーキを冷蔵庫から出して、昨日店に本を忘れた女の人の席へと持って行く。谷中さんは厨房で、昨日と同じように明日のチーズケーキの仕込みをしていた。午前に千春がビルマのことについてたずねたことは、完全に忘れているようだった。

ソーサーに乗せたコーヒーカップと、チーズケーキのお皿をテーブルの上に置くと、女の人は、いい匂い、と言った。初めてのことだった。もしかしたら今日、忘れ物に関して注文以外の会話をしたからかもしれないし、この店に来るまでに何か良いことがあったのかもしれない、と千春は思った。

「お客さんは運がいいですよ。ケーキ、最後の一個だったんで」

そう話しながら、緊張で全身に血が巡るような感覚を千春は覚えた。今年の五月から半年ぐらいここで働いているけど、お客さんに話しかけるのは初めてだった。

「そうなんですか、それはよかったです」

女の人は、千春を見上げてかすかに笑った。千春はその表情をもう少しだけ続けさせたい、と思って、本をこの店に忘れてよかったですね、と女の人が言っていたことをそのまま言った。女の人はうなずいた。

「友達のお見舞いに来てるんですけど、眠ってる時間が長くて、本がないと間が持たないんですよね」

あと、ここから家までも一時間ぐらいあるし、と女の人は付け加えた。遠くから来ているのだな、と千春は思った。いくつか情報を与えられて、フロアには他のお客さんもいなかったし、もう少し話を続けてみよう、と千春は決めた。

「遠くからお越しなんですね」

「携帯を見ていてもいいんですけど、電車で見ると頭が痛くなるんですよね。ほんともう年だから」

おいくつなんですか？　と言いかけて、千春はやめる。女の人に年を訊くのは失礼にあたるかもしれないということぐらいは、千春も知っている。

「私は電車に乗らなくなってだいぶ経《た》つから、そういう感じは忘れました」

「それは幸せですねえ」

女の人にそう言われると、千春は自分が少しびっくりするのを感じた。他の人に「幸せ」なんて言われたのは、生まれて初めてのような気がしたのだった。小さい頃にはあったかもしれないけれども、とにかく記憶の及ぶ範囲では一度もなかった。

何も言い返せないでいると、女の人は、もしかしたら事情があるかもしれないのに、ごめんなさいね、と頭を下げて、コーヒーカップに口を付けた。千春は、自分が黙ってしまったことで女の人が居心地の悪さを感じたのではないかと怖くなって、いえいえ事情なんて、と何度も頭を下げながらその場を離れた。高校をやめたから、と言ったら、たぶんその人はより申し訳ない気持ちになるのではないかと千春は思った。千春自身にとっては、何の意欲も持てないことをやめたに過ぎなかったけれども、高校をやめることがそう頻繁にはないことは千春も知っている。

その日も女の人は、九時の少し前まで店で本を読んで帰っていった。千春は、忘れた本人のところに戻っていったものの、一度は家に持って帰ったサキの本のことがどうしても気になって、家に帰るのとは反対方向の、病院の近くの遅くまで開いているチェーンの書店に寄って「サキ」の本を探した。文庫本のコーナーに入るのは初めてで、表紙を上にして置いてある本以外は、背表紙の文字だけが頼りなのでめまいがするようだった。本棚の分類が出版社別になっているということも、千春を混乱させた。女の人が忘れた本が、どこの出版社のものかなんてまったく見ていなかった。

三十分ほど文庫本のコーナーを見て回ったあと、千春は、棚の整理に来た小柄な女性の店員さんに、サキの本を探しているのですが、と話しかけた。正直、それだけの情報では、なんとかサキだとか、サキなんとかという人の本を出されるのではないかと千春は危惧したのだが、店員さんは、ああはい、少々お待ちください、と言い残した後、女の人が忘れていったのとまったく同じ本をすぐに持ってきて、今お店にはこの本しか置いていないんですけれども、と言った。千春は少し興奮して、これです、ありがとうございます、と受け取り、早足でレジに向かった。

文庫本なんて初めて買った。読めるかどうかもわからないのに。明日になったら、どうしてこんなものを買ったのと思うかもしれないけれども、それでもべつにいいやと思える値段でよかった。

いつもより遅くて長い帰り道を歩きながら、千春は、これがおもしろくてもつまらなくてもかまわない、とずっと思っていた。それ以上に、おもしろいかつまらないかをなんとか自分でわかるようになりたいと思った。それで自分が、何にもおもしろいと思えなくて高校をやめたことの埋め合わせが少しでもできるなんてむしのいいことは望んでいなかったけれども、とにかく、この軽い小さい本のことだけでも、自分でわかるようになりたいと思った。

＊

次の日、その女の人は、いらなかったらいいんですけど、もしよろしければ、とすごく大きなみかんを千春と菊田さんと谷中さんに一つずつくれた。みかんというか、グレープフルーツというか、とにかく大きな丸い果物だった。すいかほどではないが、プリンスメロンぐらいの大きさはあった。レジで応対して直接もらった菊田さんによると、ブンタン、という名前らしい。

「友達の病室で、隣のベッドの患者さんの親戚の人が五つくれたんだけど、一人じゃこんなに食べれないし、明日職場で配るにしても持って帰るのがとにかく重いから、って」

菊田さんはブンタンを右手に置いて、おもしろそうに手を上下させて千春に見せた。黄色いボールみたいだった。

「隣のベッドの人のお見舞いの人が、いろんなものをくれるんだって。本当ならぜんぜん関わりがないような人同士が同じ場所にいて、その周囲の知らない人がさらに集まってくるから、入院って不思議よね」

菊田さん自身は、まだ入院はしたことがないそうだけれども、その日の暇な時間帯に谷中さんにたずねると、あるよ、とちょっと暗い声で答えた。

昨日本を買って帰った千春は、いろんな話の書き出しを読んでみて、自分に理解できそうな話をなんとか探し、牛の話を読んだ。牛専門の画家が、隣の家の庭に入り込んで、おそらく貴重な花を食べている牛を追っ払おうとするが、逆に牛は家の中に入り込んでしまい、仕方ないので画家は牛を絵に描くことにする、という話だった。牛専門の画家というのがそもそもいるのかという感じだったし、牛が人の家の庭にいて、さらに家の中に入ってくるというのもありえないと思ったが、千春は、自分の家の庭に牛がいて、それが玄関から家の中に入ってくると思うと、ちょっと愉快な気持ちになった。

その話を読んでいて、千春は、声を出して笑ったわけでも、つまらないと本を投げ出したわけでもなかった。ただ、様子を想像していたいと思い、続けて読んでいたいと思った。本は、千春が予想していたようなおもしろさやつまらなさを感じさせるものではない、ということを千春は発見した。

ブンタンをもらったその日も、家に帰ってからどれか読めそうな話を読むつもりだった。ブンタンはお母さんに渡そうと思っていたが、千春は家の中のいろんなところに牛がいるところを想像していて、お母さんに渡すのは忘れて部屋に持って帰ってしまった。

また持って行くよりは、お茶を淹れて本を読みたいという気持ちが勝って、もう勉強なんてしないのに部屋に置いてある勉強机の上に、千春は大きなブンタンを置いた。すっとする、良い香りがした。

＊

ブンタンはおいしかった、と菊田さんも谷中さんも言っていた。それを聞くと、千春も食べたいと思ったのだが、匂いが好きになったので、もう少しだけ勉強机の上に置いておこうと思った。

けれども、菊田さんと谷中さんが、代わる代わる女の人にブンタンのお礼を言いに行っているのを見ると、やることがあっていいな、とうらやましくなったので、やっぱり今日家に帰ったら食べようかなと千春は迷い始めた。ブンタンてへんな名前ですよね、と千春が言うと、谷中さんは、文章の文に元旦の旦って書くんだけど、何でそんな名前なのかねえ、といつになく話してくれた。谷中さんと千春は、おじさんと十八歳の女でまったく共通点がないためあまり話さず、千春は菊田さんから聞く以外の谷中さんのことはほとんど知らないのだが、おいしいものがとても好きだということはなんとなく了解していた。

「私にも、ブンタンありがとうございました。いい匂いがするんで机にしばらく置いておきます」

他の二人が、さっそく食べておいしかった、ありがとうございます、と報告しているのに、自分がなにも言わないのは悪い気がしたので千春が正直にそう言うと、一か月ぐらいで食べてくださいね、とその女の人は言った。

「実は私も食べてないんだけど。大きいから、一度剝《む》いたら飽きずにちゃんと全部食べられるんだろうかって不安になりますよね」

言われてみるとそんな気がしたので、千春は、そうですね、とうなずく。女の人は、今日はコーヒーだけを頼んでいた。それにもほとんど手を付けないで、水ばかり飲んでいる。

「私もサキの本、読んでるんですよ」千春は、ブンタンを剝く代わりにやっていたことを、女の人に報告する。千春のことになんかぜんぜん興味がないかもしれないけれども、なんとなくこの人なら聞いてくれるのではないかという気がしたのだった。「おといお店に本を忘れられたじゃないですか？　それでちょっとだけ内側の表紙を見ちゃって」

女の人は、目を丸くして千春を見上げて、ああ、ああ、忘れたのあの本だっけ、と思い出してうなずく。千春は、なぜか慎重に声の調子や表情を調整しようとしながら、結果的に固くなって話を続ける。おそらく、名前も知らないような人と話を続けるということが初めてだからなのかもしれない。

「牛の話と、オムレツの話を読みました。牛の話はおもしろかったんだけど、オムレツの話はわからないところが多かったです。あんまり言葉を知らないんで」

『社会主義者』だとか『資本主義』という言葉が出てくるのが、携帯で検索してもはっきりとわからなかった。おそらく金持ちの社会主義者の女性の家に、シリアの太公（貴族かなんかだろう）がやってくるのだが、召使いたちが職場放棄をする、という話だった。この話は難しかった。登場人物であるオムレツ専門の料理人は過去に「スト破り」をしているのだが、そのことについても検索しなければならなかった。

「なんだろ、私は普通におもしろかったんだけど、人の動きが細かいからかな。過去によその家でスト破りをした料理人を雇ったのに抗議して、召使いたちが職場放棄をして、それで料理人を解雇したら今度は組合が怒る、みたいな話ですよね」

「そうです」

千春も、話の流れはなんとか理解できたのだが、使われている言葉が難しくて、引け目を感じた。

「主人公の金持ちの女の人が本気っぽくない社会主義者で使用人にストライキをされるとか、そういう矛盾を見る話だと思うんだけど、話がどたばたしてるなってわかればいいんじゃないですかね」

女の人が割り切ったように言うのに、千春は、そういうもんなんですか、とうなずく。そして、勇気を奮ってもう少しだけ本についてたずねてみることにする。

「読み終わられたんですか？」

「ええ」

「他はどの話がおもしろかったですか？」

千春の問いに、女の人は少し首を傾げて、あんまり詳しくないんですけど、とことわって、「開いた窓」と選挙に立候補した人が休養する話かなあ、と答えた。

「でも私、サキのことはぜんぜん知らないんですよ。あれしか読んだことないし。本自体そんなに読まないんです」

女の人が困惑したように言う様子に、千春は話しかけたこと自体を後悔する。なので話を切り上げるように、お邪魔して申し訳ございませんでした、どうぞごゆっくり、と言いながら、女の人のいるテーブルから去ることにする。

自分がみっともないように感じた。それからは、女の人が帰る時に会計をするのは気まずいだろうということばかり考えていたのだが、女の人はいつのまにか菊田さんにお金を渡して帰ってしまっていた。

自分が応対しなくてよかった、と千春は安堵しながらうちに帰った。菊田さんを迎えに来た娘さんが、最近いきなり寒くなったよね太田さん、と言っていたとおり、帰り道はひどく寒かった。

＊

その次の日、女の人は店に来なかった。二週に一回ぐらいは平日に来ない日もあるので、たぶんそういう日なのだろう、と前日に気まずい思いをした千春は、少し安堵しながら思った。女の人を困惑させたことで、本を読むこと自体もやめてしまってもよかったのだけれども、牛の話をおもしろいと感じたので、千春は女の人が勧めてくれた話もとにかく読んでみることにした。やはりところどころ言葉がわからなくてつらくなるのだが、話そのものはおもしろくて、急な冷え込みを忘れてしまうぐらいだった。

それで千春は風邪を引いた。毛布を出さなければと思いつつ、どこにあるのかをお母さんに訊けなかったからだった。風呂上がりに、居間でテレビを観ているお母さんに、千春は「毛布を出したいんだけど、どこにあるの?」と話しかけたのだが、お母さんは何も答えなかった。千春はもう一度同じ言葉を繰り返したのだが、やはりお母さんはテレビを眺めているだけだった。

千春は、今日は教えてもらえないのだろう、と諦め、自分の部屋に戻って本を読み始めた。千春の部屋にあるのはエアコンではなく窓付きのクーラーで、ヒーターは今年の三月の終わりにどこかにしまわれたきりだった。

毛布もヒーターも、今年出してもらったら自分で場所を覚えよう、と千春は決意し、お茶を淹れて本を読んだ。二日で二篇読んだ。そこから何を読んだらいいかわからなくなったが、最初に読んだ牛の話は自分で選んだのだから、次もできるだろう、と千春は考えるようにした。

その日、熱は午前中に出た。頭がぼーっとして、体が重くて、まかないの味があまりしないな、と思いながら厨房で休憩していると、顔が真っ赤だよ、熱でもあるんじゃないの、と谷中さんが気付いたのだった。額にさわってみるとすごく熱かったので、菊田さんが来たら帰っていいですか？　と谷中さんに言ってみた。谷中さんは、いいけど、すぐ行けるんだから病院で診てもらったら？　と提案した。少し間をおいて、千春が、どうやったらお医者さんに診てもらえるんですか？　とたずねると、診察券を持って行くか、この病院で初めて診てもらうんなら、初診ですが、って受付に言えばいいと思うよ、と谷中さんは答えた。

そういうわけで、千春は菊田さんと入れ替わりに店を出て、喫茶店の出入り口と隣り合った病院の正面玄関へと入っていった。診察券は持っていなかったが、この病院では、中学の時に診察してもらったことがあったと思い出したので、そのことを告げて名前を言うと、診てもらえることになった。

「実費になりますが」

受付の菊田さんと同い年ぐらいの女の人の言葉に、千春は、じっぴってどう書くんですか？　どういう意味ですか？　と訊き返した。知らない言葉についてたずね返すのは初めてだった。それまで千春は、意味を知らない言葉を言われても、ただ受け流して忘れるだけだったからだった。

受付の人は、事実の「実」に費用の「費」です、今日は保険証をお持ちでないから、健康保険が使えないので、診察の費用を全部払っていただくことになるんですよ、でも後日健康保険証を持ってきていただければ、お金はお返しします、と説明してくれた。千春は、熱い頭をはい、はい、と縦に振りながら女の人の話を聞いた後、診察までは待合い室にいてください、と玄関の近くのたくさん椅子が並んでいるスペースに行くよう指示された。

喉がかわいたので、自動販売機でりんごのジュースを買っていった。ジュースを飲むと、半分ぐらい体が楽になるような気がした。テレビではワイドショーをやっていた。芸能人の離婚のことを、みんなが難しい顔で話していた。

「こんにちは」

不意に声をかけられたので顔を上げると、あの女の人が立っていた。千春と同じように、りんごのジュースを持っていた。千春が会釈すると、お隣いいですか？　と訊かれたので、千春は、どうぞ、とうなずいた。漠然と、もう注文をとったりレジでお金をもらったりというやりとり以外ではこの人とは話さないだろう、と思っていたので、女の人から声をかけてきたことに千春は少し驚いていた。

「風邪でも引かれたんですか？」

「そうです。なんか熱があるみたいで、バイトを途中で上がらせてもらいました」

千春の言葉に女の人は、それは大変ですね、とうなずいてりんごのジュースを飲み始めた。二口ほど飲んだ後、女の人は顔を上げて深いため息をついた。それから、天井の一点をじっと見上げてから、ゆっくりと視線をさまよわせ始めた。疲れ切った目つきだった。まぶたは半分閉じられていて、何度もわずらわしげにまばたきをしていた。千春は、もう話しかけないでおこう、という決意のままに、女の人の隣で熱に耐えながら過ごしていた。

だから、女の人が千春が決めたこととはまるで逆のことを口にした時はとても驚いた。

「話していいですか？　しんどいですか？」

「大丈夫です」

千春は、でもその前に、とまたりんごのジュースを買いに行った。すごく救われる味がすると思ったのだった。ただ果汁１００％なだけなのに。

千春が再び椅子に腰掛けると、女の人は、あの後ほかの話は読まれました？　と千春にたずねた。千春はうなずいて、おすすめ通り、窓の話と議員の話を読みました、と答えた。窓の話はタイトルがわかっていたのですぐに見つけられたのだが、タイトルがわからなかった議員の話は、一篇一篇書き出しをチェックしてなんとか見つけた。

「おもしろかったです」

「それはよかった」

女の人は、少しだけ無理をしているような鈍い感じで口角を上げる。笑おうとしているが、あまりうまくいっていなかった。

「ありがとうございます」

「それはサキに言ってあげてください」

まるでサキと知り合いみたいに言う女の人の物言いが少しおかしかったので、彼女が本当に疲れている様子なのにもかかわらず、千春は笑ってしまいそうになる。

「私本当に本読まないんですよ。もう十年ぐらい読んでなかった。目が疲れちゃうからいやだって。それまではけっこう読んでたんですけど」女の人は、右手の真ん中の三本の指で、まぶたを押さえながら続ける。「でもどうしてまた最近読んでるかっていうと、友達がずっと薬で寝てるから。お見舞いに行くと暇で暇で仕方がないから」

家は電車でここから一時間ぐらい、っていうのは前に言いましたよね、と女の人が付け加えたので、千春は、はい、とうなずく。

「職場がここから数駅なんだけど、家に帰る方向とは反対だから、友達が入院していないとこのへんには一生来なかったと思います」

「なんにもないとこですもんね」

「駅の近くの書店はけっこういいですけどね」

話しているうちに、少し疲れていない時の調子が戻ってきたのか、女の人はこれまで店にいた時のように表情を柔らかくする。千春はようやく、女の人が自分に対して後ろ向きな感情はほとんど持っていないのではないかと強く思えるようになって安心する。

「あの本屋さんはいいんですか？」

「いいですよ。流行のものだけじゃなくて、いろんなジャンルとか作家の本が置いてあるし、店員さんも本に詳しいし」

「そうなんですか。私本屋さんで本を買ったことがほとんどなくて」

そう言いながら千春は、自分は漫画ですらどんなものを読んだらいいのかわからない子供だったということを思い出す。今もそうだ。好きなものも、やりたいこともわからない。

「サキの本を読んでみようと思ったのは、前の彼氏と結婚して女の子が産まれたら、サキっていう名前にしたいって思ってたからです」

おそらく誰にも言わないだろうと思っていたことを、千春はこの名前も知らない女の人に打ち明けていた。口にしてすぐに、また女の人は困るのではないかと思って後悔したけれども、女の人は、かわいい名前ですもんね、と平たく同意した。

「私はサキはあの一冊しか読んでないんだけど、べつのも読んでみようって思いました」

その女の人の言葉にかぶさるように、太田さん、太田千春さん、診察室Aにお越しください、という放送が流れて、天井から吊り下げられたモニターに千春の診察番号が表示される。まだ女の人と話していたかったけれど、行かなければいけないようだった。

呼ばれたんで行きますね、と千春が言いながら立ち上がると、ブンタン、早く食べてくださいね、私も食べてないんだけど、と言いながら女の人は軽く片手を上げた。千春は、ブンタンをくれたことや今日話せたことに対して、ありがとうございました、とまとめてお礼を言いながら、待合いスペースを後にした。

千春にとってはそれが、女の人の姿を見かけた最後の機会になった。

＊

昼過ぎまで熱が下がらなかったので、病院で診察を受けた次の日、千春はアルバイトを休んだ。起きてすぐに谷中さんに電話をすると、菊田さんが午前から来てくれるから大丈夫だよ、とのことだった。忙しい日じゃないし、ゆっくり治しな、と谷中さんは言った。千春は、ありがとうございます、と言いながら、今まであんまり考えたこともなかったけど、この人は優しい人なのかな、と思った。

一日休んで仕事に行くと、十四時に出勤してきた菊田さんが、これ、お客さんから太田さんにって、と四角い封筒を渡してくれた。

「文旦をくれた人なんだけど、昨日のお昼に来て、もう店に来ないから、って。お見舞いをしてた患者さんがおととい亡くなったんだって」

丁寧な人だったよね、と菊田さんは続ける。千春は、体全体が床にゆっくりと沈んでいくような感覚を覚えながら、封筒を開けた。中にはポストカードが入っていて、裏面には、謝意を述べる短い文章と数冊の本のリストが書かれていた。

私も本を読み始めたのが遅かったし、読書家ではないから、もしかしたら読む本の順番としてはあまり適当なものじゃないかもしれないけれど、と女の人は書いていた。リストは、友達のお見舞いのために病院に通うようになってから買って読んだ本だという。どの本も、千春がサキの本を買った書店で買ったそうだ。

本の話？　と菊田さんが言ってきたので、はい、と千春は菊田さんにポストカードを見せる。ポストカードには、簡単な鉛筆の線で描かれた不細工だけどおもしろい顔の鳥の絵が印刷されていた。文面の最後には、元川恵里という署名があった。元川さんというのか、千春は思った。

「アガサ・クリスティ、私も好きだなあ。娘がＢＳのドラマをずっと録画しててね」

モームも読んだことある、織田作之助とアシモフは読んだことないな、おもしろいのかな、と言う菊田さんの声は、まるで水中で聞くようにこもって聞こえる。

「太田さん、本読むんだね。知らなかった」

「これから読むんです」

ポストカードを返してくれる菊田さんに、千春はそう答えた。お客さんが店に入ってきて、千春は、菊田さんが応対しようとするのを軽く首を横に振って制止して歩き出し、仕事を再開した。

＊＊＊

今度の職場は、千春が十年前にアルバイトをしていた病院付きの喫茶店の近くの店だった。実家も近い。最初に入った店でお世話になった先輩の宮田さんが店長として赴任する際、千春を副店長として推薦してくれたと耳にした時は、自分に勤まるだろうかと恐縮したのだけれど、自分が生まれ育った土地に近いので、地の利があると見てくれたのだろうと考え直すことにした。

高卒認定試験を受け、アルバイトから書店に入った。行ったことのある書店でアルバイトをして、何かやらかすのは怖かったから、べつの町のチェーン店を受けて採用された。その後契約社員になり、三年前に正社員になった。その時に、他県の店に赴任することになって家を出た。ちょうど、両親の仲が千春の知る限りでは最も冷え切っていた時期だったので、会社が契約している寮に入れることが千春にはありがたかった。今度の店は実家に近いので、そこから通うかと会社からたずねられたのだが、千春はまた寮があれば入れてくださいと申し入れた。

新しい店で、千春は文芸のコーナーの仕事をすることになった。宮田さんが千春の力を借りたいということになったのには、宮田さんが他の分野には強くても文芸には少し疎くて、千春がそこそこ詳しいという理由もあるという。自分が昔お客として通っていた店で働くのは不思議な感じだったが、仕事中に棚にふれると不意に懐かしい気持ちになることもあった。学校に通っていた時分の記憶はほとんどないと言ってよかったので、それが地元で働くことにおける少ない過去とのつながりの一つだった。

かつてアルバイトをしていた喫茶店では、一度改装のための休業があり、菊田さんはその時にべつのパート先に移ったと聞いてそれきりだったけれども、先週前を通ったら谷中さんが変わらない様子で厨房の中にいるのが見えたので、近いうちにあいさつに行こうと思った。

その女の人がやってきたのは、千春が新しい店で働き始めてから二週間が経った頃だった。文庫本を探しているんですが、この本の出版社の棚はどこでしょうか？　とメモを見せてたずねてきたのだった。見覚えのある字だった。働き始めてから、他人の字を見ることは格段に増えたけれども、それ以前に目にしたことのある字だった。

「元川さん」

一度も呼ぶことはなかったのに、その名前は自然に千春の口を衝いた。その女の人は、千春が十年前に病院の喫茶店で働いていた頃に、よくお客として来ていた女の人だった。サキの短篇集を店に忘れていったことがあった。親を始めほとんどの人間からまともに扱われず、あらゆることを教えられてこなかった千春が、自分から最初に読んだ本だった。

名前を呼ばれて、女の人は不思議そうな顔をした。千春が、私、病院の喫茶店で、と言うと、ああ、あの時の、と女の人はすぐに思い出した様子で顔をほころばせた。女の人は、少しやせて身長が小さくなったように見えた。顔のしわも増えたけれど、声や表情のどこか気安い感じはそのままだった。

「本屋さんになったんですね」

「はい」

「本を読むようになったんですね」

「はい」

千春は、十八歳の何もかもが心許なかった時に戻ったように、ただうなずいていた。

「立派になられて」

「いえ」

「私はまた病院通いなんですけど。今度は私自身のことで」

「そうなんですか」

その理由となる病気は、軽いのだろうか、重いのだろうか。頭をよぎったつらい疑問を口にはできなかったが、女の人は微笑んでいた。

あなたがお友達の入院中に読んでいたっていう本をその後全部読みました、どうしても難しいものもあったけれども、一年かけて読みました、ということを、自分はそのうちこの人に言うだろうと千春は思った。

「私はこの店にいるので、今度はここに通ってください」

「ええ」

元川さんは静かにうなずいた。

王国

口を開けて光を見つめていると、ラッパムシのデリラが現れることにソノミが気付いたのは、幼稚園のお昼寝の時間に少しも眠れないで、ずっとカーテンの隙間から漏れる光を眺めていた時のことだった。厳密に言うと、口は開けなくていいのだが、開けた方がより、デリラに現れて欲しいという願いが伝わりやすいのではないかとソノミは考えていた。

光を見つめていると、ソノミの視界に展開される、味気ない幼稚園の現実の風景に重なって、ピンクや黄色、ときどき水色のつぶつぶが星雲のように散らばり、やがて小さなデリラが現れる。ソノミの視界を上から下へと漂い、消えてしまったかと思うとまた上から降りてくる。ほんのときどき、左から右に移動することもあるのだけれども、ほとんどの場合は上から下へとデリラは漂う。

デリラの存在に気が付いたころは、いったい何物なのかわからず、光を見つめていると何かわからないものが見える、とお母さんや幼稚園の先生に訴えたこともあったのだが、ある日家で『動物の図鑑（1）無脊椎動物』の原生動物のページをしげしげと眺めていて、自分に見えるそれが「ラッパムシ」と言われる頼りない生物の形状に似ていることが判明し、ソノミはその話をするのをやめにした。ソノミのピンクと黄色の星雲に不意に現れるそれが、ラッパムシであると判明したのであれば、それは「何かわからないもの」ではなかった。

図鑑によると、ラッパムシは、沼や川などに住むらしいのだが、ソノミにとっては、光を見つめて意識を集中させるとだいたい見える以上、居住場所は関係なくそれはラッパムシだった。最初は「ラッパムシさん」とソノミは呼んでいたのだが、それはソノミ自身を「人間さん」と呼ぶのと同じなのではないかとソノミは気が付き、名前を付けることにした。どんな名前がいいかと一週間考え、ラッパムシが現れ出る星雲のエキゾチックさにちなんで、外国人の名前がいいと思い付いた。ソノミが知っている外国人の名前は、毎月もらう聖書の絵本の登場人物が主だったので、語感が好きな「ヨハネ」と絵本の中で美人に描かれていた「デリラ」が最後まで争い、やはり女友達が欲しいということで「デリラ」に落ち着いた。ソノミには、幼稚園と家の近所に友達がいたが、厳密に言うと、友達はいないとも言えた。お誕生日会に呼んでくれたり、スイミングスクールの体験学習に一緒に行ったり、ソノミがスモックを糊だらけにしているのを叱り飛ばしたり、長靴を履いて水たまりに飛び込んでいくのを叱り飛ばしたり、お昼寝の時にうっかり隣の布団に足が入ってしまったことを叱り飛ばしたりするような、知人レベルの同輩は何人かいたものの、ソノミが心から欲するような友達はいなかった。ソノミ自身はその同輩たちを、一応友達という箱に入れていたけれども、デリラの存在にすがるようになったのは、やはりどこかで、幼稚園の同輩は知人レベルに過ぎないということをわかっていたからかもしれない。

ある日、すべりだいの階段から同輩が手を振ったので、ソノミはそこに駆け寄ろうとして盛大に転んだ。同輩は、走ってこいなんて言ってないのに、と呆れながら、けがをした右膝の痛みに座り込んだままでいるソノミの元に先生を呼んだ。かなり痛かった。けれどもその時は泣かなかった。ソノミはやたら転ぶので、けがをして自分の血や傷を見るのはもうなれっこになっていたからだ。

地面にとがった石でも埋まっていたのか、その日の傷はいつもと違って少し深くえぐれていた。先生は、手当しないと、とソノミを教室に連れていって、ソノミの膝に黄色い液体の薬を塗った。ソノミは、丸い綿に染みこんだ黄色い薬が自分の膝に当てられる様子を眺めながら、痛いのも忘れてわくわくした。いつものけがの程度だと、せいぜい透明な薬を垂らされてばんそうこうを貼られるぐらいなのだ。透明な薬はとても沁みるし、塗られてもつまらない。だからソノミはときどき、ひどくやんちゃな男の子が黄色い薬を塗られていたり、ばんそうこうよりも大げさなガーゼを貼られていたりするのを見かけると、心底うらやましいという気分になってずっと眺めていた。今回それが叶ったのだ。あまりにも自分の皮膚の色に対して不自然な黄色がガーゼににじみ、傷の範囲の外にもはみ出している様子を、ソノミは何度も何度も眺めた。そして同輩のいるすべりだいのところに戻ると、そのきいろいのどうしたの？　とたずねられるのを辛抱強く待ったが、わたし、走ってきてなんて言ってないからね、先生にそう言ってないよね？　と問い合わせられただけだった。

仕方がないので、ソノミは同輩から少し離れて、鳥の声が聞こえる木の中に鳥を探すふりをしながら、太陽の近くに視線を動かしてデリラを出してみた。しばらく上目に光を眺めていると、デリラはちゃんと現れ、ソノミの視界の上から下へとゆっくりと降りたかと思うと、また上から下へと流れた。

ソノミは、具体的な言葉にはせずに、デリラに対して自分の膝にできた誇らしい傷跡について報告した。ついに透明な薬とちんけなばんそうこうから、黄色い薬とガーゼを装う人間に自分は昇格したのだと。デリラは、ソノミの報告の間に、三度上から下へと流れて、その重要な変化に敬意を表してくれた。

ソノミちゃんさ、ほんとうにときどきそうやって白目をむくの、やめてよ、と同輩が近づいてくる気配がしたので、ソノミはまばたきをして、木を検分しているふりをする。気持ち悪いのよ、べつの同輩はそう言って、ソノミの前に立ちふさがる。彼女は背が高くて、ソノミの目の高さのところに肩がある具合である。光は彼女とソノミの間にも流れ込んできて、同輩の絵本の女の子のような波打つ髪の表面に、デリラがゆっくりとすべっていく様子が重なる。

ごめんなさい、とソノミは言う。自分は何も悪くないけれども、そう申し開きをするのも面倒に感じてそう言う。ごめんなさい。ただし、もうしない、とは言わない。ごめんなさいと言うだけで終わることが、どれだけ鈍く見えることかソノミ自身がわかっていても、絶対に言わない。同輩たちは、事務的な謝罪を受け取ることはできても、ソノミから光やデリラや傷口を取り上げることはできない。

幼稚園からの帰り道では、ドラッグストアに寄ってお母さんがガーゼを買ってくれた。ソノミは、自分がこの新しい生活の変化に夢中になるのを感じながら、毎日とりかえるの？　とお母さんにたずねた。お母さんは、お風呂に入るたびにね、と答えた。

お風呂に入ったあとの傷口の様子も、ソノミを興奮させた。ソノミは、お風呂につかった後に指がしわしわになるのが本当に大好きだったが、膝の傷口の周りがフィレオフィッシュの身の部分のように白っぽくなることはそれ以上に見物だった。お母さんがお風呂につかってぼんやりしている間、ソノミはプラスチックの椅子に座って電灯を見上げて、視界にデリラを出していた。お母さんは、ソノミがときどき白目をむくぐらいに目を上目にして、口を開けて何かの光を眺めていることはもちろん知っていたが、幼稚園であまりそれをやっていないといいな、と思うだけで、注意はしなかった。どのみちお母さんにとっては、ソノミが初めての子供なので、ソノミのやっていることが変かそうでないかはよくわからなかった。何かが見えると言いだした時はさすがに心配したのだが、最近はぱたりと言わなくなったので、お母さんは安心しているところだった。

お風呂を出ると、お母さんはソノミの膝に透明な薬を垂らした。ソノミは、薬が黄色くないのが不満で、どうしてとうめいなのを塗るの、きいろのじゃないといけないんじゃないの？と異議を唱えたが、お母さんは、でも先生は透明なのでもいいって言ってたわよ、と答えた。ソノミは、せっかく黄色の薬を塗ってもらう権利を得たのに、それが半日ほどで透明のものに降格したような気分になって、転んだ時も、消毒されて薬を塗られたときもそんなふうにはならなかったのに、泣きそうになった。

きいろいのをかってよ、とお母さんに言うと、お母さんは、また明日くすり屋さんに見に行きましょう、と答えた。


お母さんが先生に、けがにけがを重ねるのはよくないので、とりあえずはしばらく走り回らせるのをやめてもらえませんか？　と申し出たので、次の日の休み時間は、ソノミは教室でじっとしていることになった。ソノミは、外で活動しているのも好きだけれども、教室で絵本を読んだり粘土をこねたりしているのも好きだった。

その日ソノミは、咳をしている隣のクラスの女の子と一緒にコンテパステルで絵を描いて遊んでいた。女の子のことはよく知らなかったが、ソノミがデリラの絵を描いて「ラッパムシよ」と言っても変な顔をしなかったし、じっと光を見ていても咎《とが》めたりはしない子だった。どうして咳をしているのかたずねると、ぜんそくだから、と答えた。咳をすること自体は苦しそうだったけれども、完全に慣れているのか、咳きこんだ二秒後には、笑顔で顔を上げているのがソノミにはたまらなく不自然に思えて魅力的だった。

ソノミは、ほかの同輩に対してはそんなふうには思わないのに、彼女には自分の膝のことを話したい、と思ってそうした。あのねわたしね、きのうすっごくこけてね、こっちのひざをけがしたの、それでね、先生がきいろいくすりをぬってくれてね、ガーゼをつけてくれたのね。

隣のクラスの女の子は、へえ、と目を丸くして、そのままうつむいて咳をする。こんこん、なんていうかわいらしい音ではない。のどに掃除機が装着されているようなすごい音がするのに、彼女は冷静にソノミの膝に視線をやって、今日もガーゼだね、と指で示した。ソノミは、くすりがきいろくないのがいやなのね、と残念そうにする。隣のクラスの女の子は、わたしのぜんそくのくすりが大きいのみにくいのから小さいのになってやりがいがなくなるようなもんかしらね、と思案げに言った。

きずはふしぎなにおいがしない？　と言い出したのは、隣のクラスの女の子の方だった。ソノミが首を横に振ると、きずのにおいというかね、きずにはったばんそうこうのにおいなんだけれども、本当に、かいだことのないにおいがするのよ。

いやなにおいなの？　とソノミがたずねると、隣のクラスの女の子は、いやではないけど、いいにおいでもない、と答えてまた咳込む。ソノミはがぜん、膝のガーゼをはずしてそのにおいをかいでみたいと思った。

女の子の咳がそのままとまりそうになくなって、ソノミはその背中をなでて、そうしているうちに先生がやってきて、とんぷくを飲みましょうね、と女の子をソノミから引き離して廊下に消えてゆき、ソノミは一人になった。彼女ともっと話していたかったというさびしさと、でもいい話を聞いた後に一人になったなという間の良さを感じながら、ソノミはいちばん日当たりのよい教室の隅へと移動していった。

そして慎重に、固定しているテープをはがしながら、膝のガーゼをめくった。彼女の言う、いいわけでも悪いわけでもないにおいと、くすりの厳粛なにおいが入り交じったにおいも興味深かったけれども、血が固まって傷の凹凸の全容がわかるようになった今、その見た目自体がソノミを釘付けにした。

表面がえぐられてしまい、赤い血が凝固しているまるい傷の中心には、少しいびつな三角形の形に皮膚が残されていた。じっとそれを眺めていると、だんだんそれが、赤い湖の中に浮かんでいる島のように見えてきた。

衝動的に、その三角形をはがしてしまいたい気分になるのだけれども、ソノミは右手を拳にして握りしめ、それをこらえた。そんなもったいないことをしてはいけない。ソノミは膝をじっと眺めて、やがてほんの少しだけ赤い部分を舐めてみる。くすりの苦さの中に、血の味が混じる。血の味は、一度だけ行ったことがある海の味に少しだけ似ている。少しだけ頭を離して、傷を眺める。三角の島に、ソノミは城や畑や群れる鳥を見たような気がする。まばたきもせずに傷を眺めているうちに、不意にデリラが現れた。運が良ければそういうこともある。ソノミが頼まなくても、勝手にデリラが視界の上から下へと降りてくる。

そのまま静かに頭を下げると、デリラはソノミの膝の傷に重なり、教室の床へと降りていく。そしてまたデリラは、ソノミの視界の上に現れ、下へと……。

それまでも一切そうではなかったというわけではないが、その時決定的に、ソノミにとってデリラは神聖なものに思えた。光を通しながら、傷口の王国を祝福するように、デリラは次々と降っていった。教室の隅で世界が完結するのを感じて、ソノミは興奮した。


一日をおいてまた外で遊ぶようになったものの、ソノミはすでに同輩たちの遊び方から取り残されていた。幼稚園の流行のサイクルは早い。ソノミが一日教室で安静にしているうちに、同輩たちは、赤い落ち葉を通貨として落ちた椿の花を買うという遊びに夢中になっていて、ルールのわからないソノミが黄色い落ち葉を持っていくと、顔を見合わせて笑い、それでは椿の花はあげられないとソノミに告げた。ソノミは、椿の花なら幼稚園からの帰り道に落ちているから、それをもらえばいい、と思い直して、一人で日当たりのいい砂場の端に座り、膝にあてているガーゼをめくった。

それでその日三度目の開帳だった。めくるたびに、膝の傷はソノミの中で歴史を作っていった。丸くて赤い湖の中ほどに浮かんでいる三角の島は、その時の段階では女王がおさめていた。美しいが若くはなく、とても威厳がある。島ではリンゴとなしが年じゅう収穫されていて、それを他の国に売っている。リンゴとなしは大変美味である。女王は娘である姫を政略結婚に出したばかりなのだが、彼女から、よその国の王子との生活は一見うまくいっているが、実のところ冷たい感じで、もしかしたら自分は離婚されてしまうかもしれないということをほのめかす手紙が来ていて、毎日気が気ではない。けれどもその国がいちばんリンゴとなしを買ってくれているので、女王としても穏便に済ませたい。

女王は毎日、日当たりのいい玉座の上で白目をむき、デリラを呼び出して娘の幸せを願う。デリラは、いつも姫を見守っているというようなことを告げる。姫もまた、夫に隠れて白目をむき、デリラに祈っている。

先生が寄ってきたことにも気づかないぐらい、ソノミは膝の王国のことについて考えていた。みんなと遊ばないの？　とたずねられて、ソノミは、まだ膝が痛いので、と答える。先生は、それじゃあ教室に入る？　とたずねてきたので、ソノミは少し考えて、昨日一緒だった隣のクラスの女の子がいるんなら、と答えた。彼女に、膝の王国について語るつもりだった。

先生は首を横に振って、彼女は今日は欠席しているみたいね、と言った。明日は来る？　とソノミがたずねると、先生は、隣のクラスの先生に訊いておくわね、と答えた。

膝の王国の開帳は、日に日に回数を増し、そのたびに傷口が空気に触れる機会が多くなってきた。ガーゼを固定しているテープが乾いて、もはや役割を果たさずべろりと膝の下に垂れ下がることもしばしばで、先生やお母さんはそれを見つけるたびに、手当をしようと寄ってきた。黄色いくすりか透明なくすりとガーゼ、という組み合わせ以外に、白くて冷たいスプレーをかけられることもあった。ソノミは、雪が降ったな、と頭の中で考えた。こんなふうに突然の降雪があった場合、リンゴとなしに影響はないだろうかと思い出したようにはらはらしたりもした。先生とお母さんの世話の甲斐あってか、ソノミの傷口は徐々に快方へと向かい、ガーゼはとれて、大きめの四角いばんそうこうを貼られるだけに終わることが多くなった。

王国はかゆかった。ソノミはばんそうこうの上から慎重に傷口を掻き、そのことが王国に何らかの影響を与えはしないかと気になって気になって、ばんそうこうをめくって王国の様子を確かめるようになった。三角の島は心なしか拡大しているように思えたけれども、問題は、赤い湖が日に日に狭くなってきているように思えることだった。傷口の縁には黄色い液体が凝固して、どうもそれが、湖を狭くしている原因なのではないかとソノミはつきとめた。その黄色いものはかなりしょっぱいことをソノミは経験上知っているので、たちまち、王国のリンゴとなしは、黄色い潮の害でしょっぱくなった。

黄色い潮は、湖を狭くして、リンゴとなしの味を台無しにする大敵であるとソノミは認識し、ばんそうこうをめくっては、ちょくちょく傷口の様子を確認して、あまりにも黄色い部分が増えていると、爪の先でめくって除去するようになった。除去した潮の塊は、だいたいソノミが口に入れて処分した。

それを見て激怒したのは、先生でもお母さんでもなく、同輩だった。理由はわからない。ソノミが気持ち悪かったのかもしれないし、ただ単に虫の居所が悪くて、誰かを激しく責め立てる機会を狙っていただけなのかもしれない。とにかくソノミが、おうたの時間の合間に、ばんそうこうをめくって黄色いリンパ液の塊を傷口からはがしていると、隣にいた同輩が、そんなことしちゃいけないのに！　と突然大声を上げた。

同輩は、更に隣の同輩に事情を説明して、ねえ！　と同意を得て、そして更に前と後ろに座っている同輩に、ソノミの愚行について拡散し、周囲は、いーけないんだ、いけないんだ！の嵐になった。ソノミは、悲しいとか怖いという以上に、とにかく驚いて呆然《ぼうぜん》として、人差し指の先に付着した王国の湖を侵略する潮を口に入れた。しょっぱかった。

大騒ぎを見かねて、先生がやってきたので、隣の同輩は飽きることなくソノミの行動を批判することについての裏付けを求めたが、先生は、そんなことをしたら傷が治りにくくなって、いつまでも痛くなるからだめだよ、ソノミちゃん、と言っただけだった。先生の声に何かスイッチを押されたように、やっと涙がこみ上げてくるのをソノミは自覚して、声をあげて泣き始めた。ソノミを責め立てた同輩たちは、ばつが悪くなったのか、その場をちりぢりに離れ始めたけれども、ソノミは泣きやまずに、天井を見上げておんおんと声を上げたまま、日当たりのよい教室の隅へと歩いていった。

ソノミは、両腕で交互に涙を拭いながら、大きくまばたきをして、デリラを出した。涙の膜が張った目でとらえるデリラは、いつもより動きが早く、ソノミの視界を上から下へと流れていった。

先生の手が肩にふれて、そんなふうに涙を拭いたらバイキンが入るよ、とティッシュを渡された。ソノミはそれで、涙ではなく、鼻水を拭いて、拭いたティッシュはスモックのポケットの中につっこみ、やはり腕で涙を拭いながらしゃくりあげた。先生は、ソノミの肩に手をおいて、膝立ちのままうつむいていた。

デリラはソノミに何もメッセージは発さなかったけれども、ただ何度も何度も漂って、ソノミの心を幼稚園の教室の隅から膝の王国へと誘った。ソノミは、三角の島から送り出された姫はこんなふうにみっともなく泣いたりしないだろう、と思い出して、スモックのポケットからティッシュを出して洟を拭き、腕で涙を拭った。

さらに時間は過ぎ、王国は形を変えていった。ソノミの努力もむなしく、赤い湖は黄色い潮の侵略どころか、湖を取り囲む陸地じたいに徐々に取り囲まれ、周囲と陸続きになった。赤い湖は、紫色の薄い表皮をまとい、そしてむくんで、三角の島よりもやや標高を増して盛り上がった。

ソノミはさぞ悲しんだかというと、案外そうでもなかった。お父さんが借りてきてくれたDVDで、火山に関する短いアニメーションを観たからだった。それは、火山の島が愛する人を求めて歌い続け、その島が沈む頃合いになってついに、海に沈んでいた運命の人（島）が海の上にその半身を現す、というストーリーで、ソノミは自分の膝にも同じことが起こっていると考えた。すなわち、三角の島が実は火山であり、ずっと歌い続けていたら、赤い湖の下に沈んでいた紫の陸地が姿を現したのだと。

その頃にはもはや、ソノミの膝にはばんそうこうさえ貼られることがなくなっていて、お母さんが気が向いたときに白いスプレーを吹きかけてくれるぐらいだった。痛むということもほとんどなくなっていた。

王国はどんな具合なのだろうか、とソノミはときどきデリラに相談した。湖に囲まれているうちはきっと平和だったに違いないのに、周りと陸続きになって女王は困っていないだろうか。なんだか雪が降る回数が増えているし。

デリラは相変わらず、無言でソノミの視界を漂うだけだった。ただ、どんなにいいときも悪いときも、春も冬も見守っているということだけを伝えるように。

ソノミの傷口は完全にふさがり、紫色の表皮の面積すらも縮小して、ほとんどただの膝と変わりのない状態になった。王国はなくなってしまった。ソノミは喪に服すように無口になり、デリラを出して何を語り掛けるでもなく眺める回数が増えた。デリラはどこか、自分が守護していた国の消滅を嘆くように、低くゆっくりと左右に漂った。だいたいは上下に移動していくのに、珍しいことだった。

隣のクラスのぜんそくの女の子が、久しぶりに幼稚園に姿を現したのは、そんな折のことだった。ソノミは、運動場で鬼ごっこをしていた時に、教室の端に姿を現した彼女を見つけて、駆け寄っていった。そして盛大に転んだ。しかしすぐに立ち上がり、ソノミは、ガラス戸のまえのすのこに座って、アサガオの生育の本を熱心に眺めている彼女のところへ行って、おはよう、と言った。女の子は、おはよう、と言い返して、また掃除機で吸い込むような呼吸をした。ソノミは、鬼ごっこで逃げていることも忘れて、彼女の隣に座り、自分の膝の話をした。それはめずらしい傷だったね、と女の子は感嘆した。

そうだまるで湖の中に島を作るようにえぐれた稀有な傷だった。そこには女王が住んでいて、リンゴとなしの木がたくさんあった。けれどもそれは、周囲の陸地に吸収されてなくなってしまった。

ソノミの話を、女の子はじっと黙って聞いていた。およめさんに行ったお姫さまはだいじょうぶなの？　とたずねられたので、わからないな、幸せだといいけど、と答えた。女の子は、きっと結婚したばかりでふあんだったから、おかあさんにてがみを出したんだよ、と言った。

話すことがなくなったので、ソノミが光を凝視してデリラを出そうとしていると、そっちにもけがしたんだね、と女の子はソノミが先ほど転んで作った傷を指差した。じっと見てたら、たくさんみずうみがあるように見えるね、と女の子は言った。確かに、顔を近付けて見ると、皮膚の陸地に点々と、無数の小さな湖が散らばっているように見える。

ようちえんを休んでいるあいだ、世界のくにについてのえほんをずっとよんでたんだ。それで、千このみずうみがあるくにがあるってみた。女の子の言葉に、ソノミは、どこ？　と端的に問うた。女の子は、ひどい咳をした後に、すっごくさむいところ、と答えた。

ソノミは、新しくけがをした膝を見つめながら、白い雪の中に赤い湖が果てしなく点在している風景を想像した。おそらく三角の島のお姫さまは、その雪と湖の国に嫁いで不安だったのだろうと思う。

デリラにそのことを報告するために、ソノミは頭を上げて、光の中にデリラを探した。見守っている、とデリラは漂っていった。見守っている。あなたがわたしの存在を信じている限り、わたしは現れる。

ペチュニアフォールを知る二十の名所

1. 谷

はいはい、パワースポットをお探しとのことですね。どちらにも行き尽してしまったからと。それならばここ、ペンシルベニア州ペチュニアフォールのペチュニアの谷がおすすめです。初耳ですか？　そうなんですよ、お客様がたにこちらを提案するのは当店としても初めてのことでございます。不慣れな点がございましてもなにとぞご容赦くださいね。ペチュニアの谷は、ボルテックスの間に、ペチュニアの花畑が広がっている、大変美しい場所です。ボルテックスとは、渦巻き模様のついた岩山のことですね。セドナほどのスケールではないですが、こちらも最新のパワースポットとして、識者の間ではメジャーになりつつあります。大物ヒーラーのミランダ・ヤンコウスキ女史によると、ペチュニアの花畑の効果で、こちらは特に癒しの波動を発しているとのことです。これが画像です。そうですね、こちらの谷に咲くペチュニアはすべてブルーなのだそうです。花弁の内側から外に向かってのグラデーションが大変きれいですね。……花を拡大した様子を見てみると少々不気味ですが。

2. 市庁舎

ペチュニアフォールには大変歴史の深い建造物もあります。市庁舎がまずその筆頭に挙げられますね。そうですね、このコリント式の柱が特徴的ですね。この市庁舎が建てられた、ペチュニアフォールがもっとも繁栄した時代の市長は、シオドア・ドットという人物で、二十年の長きにわたってペチュニアフォールを治めました。現地では大変な偉人とされておりまして、このように広場には銅像が立っています。そう、この画像のこれです。……ちょっと遠目にはわからないかしら？　え？　銅像の頭がないんじゃないかって？　気のせいですよ。気のせい。

3. 製鉄所

市庁舎と並ぶ歴史的建造物としては、製鉄所があります。炭鉱のあったペチュニアフォールは、鉄鋼業も盛んでした。こちらの町から少し離れたところにある製鉄所は、世界遺産に登録するか否かでただいま審議中だといいます。シオドア・ドットは、もともとは製鉄所の社長でした。一代で製鉄所を立ち上げたというのではなく、先代の一人娘であったエリザベス・マレーンと結婚することで、シオドア・ドットは製鉄所を相続しました。シオドアは、貧乏な小作農の家の息子でしたが、製鉄所に入社し、そこでめきめきと頭角を現して、社長の娘であるエリザベスを娶《めと》り、社長となったそうです。絵に描いたようなアメリカン・ドリームですよね。シオドアとエリザベスの間には、マーガレットとリチャードという美男美女の子供たちがいました。製鉄所の本社屋の玄関ホールには、シオドアとエリザベスとマーガレットとリチャードの肖像画が掛けられていて……、そうそう、この画像ですね。あれ、マーガレットの肖像画がないのはなぜかしら。なぜかしらって代理店のあなたに言われても困るって？

4. カフェ

ペチュニアフォールはとても歴史のある町なので、市庁舎が建設された頃から営業しているカフェもあるんですよ。名物は、レモンクリームの添えられた、五段重ねのパンケーキです。おいしそうでしょう？　このカフェの現在の店主は五代目で、祖父である三代目が息を引き取る時に、実はカフェには地下室があると教えられたそうです。隠し階段を降りていくと、なるほど部屋があって、椅子や燭台などがひっくり返ったまま放置されていて、何人かがそこにいたものの、あわただしくそこを後にしたという様子だったといいます。本棚は空っぽだったのですが、その裏側には何かの名簿が落ちていたそうです。そこには、何十人かの炭鉱で働く人々の名前と一緒に、マーガレット・ドットの名前があったといいます。何の名簿だったんでしょうね？　地下室ですか？　見学は可能です。隠し部屋が発見された時と同じように、荒れ果てたままで残されています。臨場感抜群ですよ。

5. 時計台

ペチュニアフォールの町のランドマークと言えば、時計台ですね。シオドア・ドット市長の就任とともに三年を費やして建造された、町のどこからでも見えるという時計台なのですが、鐘は撞《つ》かれていたものの、時計自体が動いていたのは完成から最初の二年だけだったということです。うーんなぜなんでしょうか……。鐘の音はものすごく大きくて、炭鉱の最奥まで聞こえるぐらいだったので、炭鉱夫たちはその音で仕事の時間と終業の時間を区別したといいますが。時計が止められたのはなぜでしょうね。ええとね、一説によると、あれですよ、あの、お客様もお仕事をされていて本当に集中しなきゃまずいな、っていう時は、自分で時計を見られないように隠したりするでしょ？　それだっていいますね。え、おわかりになりませんかね？　うーん……。市長はね、町の人々、特に炭鉱夫たちのパフォーマンスを最大限に引き出すために、故意に終業の時間より遅く鐘を撞かせていたとのことです。そういった市長の工夫や炭鉱夫たちの働きで、ペチュニアフォールは栄えたのです。ちなみに、炭鉱夫たちが坑道に入る時に時計を持ち込むのは禁止されていました。時計を持ち込んだ者は20パーセントの減給だったそうです。

6. 裁判所

時計台の裏手にはですね、裁判所があります。こちらの裁判所もまた、歴史が古く、美しい建物ですよね。ペチュニアフォールは、シオドア・ドット市長の施政の間は、高い治安状態を誇ったと言われます。市長の妻のエリザベス・ドットが、非常に市民の安全を守る意識が高い人だったとのことでして、町の脅威となりそうな人物たちを次々と告発し、人々の穏やかな暮らしを守ったといいます。裁判所には現在も、エリザベス・ドットの提案により訴えられた女性……人たちの書類が残っているといいます。え？　ああ、そうです、訴追されるのは女性が特に多かったとのことです。魔女狩り……。いやいやあれは十七世紀らへんで終わったんでしょ？　ドット市長の施政は十九世紀のことなので、関係ないですよ。ええ、関係ないですよ？

7. 広場

先ほど市庁舎のことについて申し上げました時に、この画像はごらんになっていただきましたよね。時計台が面している広場です。この真ん中に、シオドア・ドット市長の銅像が立っています。首がない？　いやありますって、ありますから、よく見たら。次の画像にいきますね。はい、これが時計台から見下ろした広場の図です。ほら、建物にぐるっと囲まれていて、ちょっとマドリードのマヨール広場みたいで素敵でしょう？　こちらは刑場も兼ねていたとのことで、近くの裁判所で刑が確定した後、速やかにこの場所で刑の執行が行われたといいます。大変、合理的ですよね。

8.　ホテル

宿泊は、広場に面したこのペチュニアフォール・ホテルでしていただくことになるかと思います。これが室内の画像です。ね、広々としていて、かつ、建造された当初の重厚さが生かされていて素敵でしょう？　こちらはスイートルームですね。刑務所の所長とその家族が住んでいたという……、ええはい、この建物は、元は刑務所だったのですが、リフォームしてホテルに仕立てたとのことです。この廊下の落ち着いた雰囲気も、見てください。え、なんですか？　この廊下を横切っている白い影のようなものは何かって？　うーん何でしょう……？　女性の姿、に、見えなくもないですね。こちらを向いて、うらめしそうに睨んでいる……。いや心霊写真じゃないです、違いますったら。

9.　坑道の入り口

気を取り直してこちらは、ペチュニアフォールの繁栄の礎《いしずえ》となった、炭鉱の坑道の入り口です。ここを多くの炭鉱夫たちが出入りし、町のために一心に働いたといいます。この画像がですね、やや斜めから見た図ですね。北西の方角に、時計台が見えますね。坑道へと入っていく炭鉱夫たちは、少し頭を動かすだけで時計台が見えたわけです。これでペチュニアフォールの時計台のランドマークとしての役割はご理解いただけたでしょうか。時計が動いていないと意味ないじゃないかって？　堅いことを言わないでくださいよ、もう。

10. 博物館

炭鉱の入り口の手前には、博物館があります。こちらは、炭鉱の管理事務所をやはりリフォームしたものだそうです。つるはし、シャベル、ヘルメット、ランタンといった、炭鉱で実際に使用されていた道具が展示されておりまして、当時の台帳も残っています。人材の管理には非常に気を使っていたようで、炭鉱夫一人一人についての出勤の記録はもちろん、最大時でどれほどのパフォーマンスなのか、それはどの程度の休息とのバランスで発揮されるのか、何時間連続で働けるのかといった身体的なことや、家族構成、賭博が好きか酒が好きかといった嗜好のことまで記されているようです。管理事務所は、賭博が好きな炭鉱夫には公営の賭博場を斡旋し、酒が好きな炭鉱夫には、呑み過ぎても大丈夫なように薄めたお酒を提供する、やはり公営の酒屋のクーポンを配布したそうです。このように、炭鉱夫たちは、炭鉱の管理事務所によって非常によくマネジメントされておりました。炭鉱の管理事務所は、製鉄所のグループ企業の一つで、その方針にはドット夫妻の意向が多分に含まれていたといいます。ペチュニアフォールの炭鉱は、規模はそれほどではないながら、炭鉱夫一人当たりの掘削量は全米でも屈指を誇ったといいます。

11. 種苗所

炭鉱は、市庁舎などがあるペチュニアフォールの中心部から川を隔てて東側にあるのですが、こちらのほうには、シオドア・ドット市長が個人的に所有している種苗施設がありました。全面ガラス張りの美しい建物だったのですが、彼が行方不明になった後は、いったん骨組みだけになるという荒れ様でした。しかし、数年前に再びガラスが張られ、またこのように美しい姿が再現されることとなりました。シオドア・ドットの趣味は園芸で、特にペチュニアの改良に情熱を傾けたといいます。そうです、ペチュニアの谷に咲いている花は、シオドア・ドットが生み出したものなんですよ。政治家としての手腕もさることながら、園芸家としてもすぐれた人物だったんですね。

12. 娼館

はい、また川の西側に戻りましょう。川べりのこちらは、ペチュニアフォールでも指折りの高級レストランです。昼間にペチュニアの谷を見学され、カフェでパンケーキを召し上がった後は、このお店でお食事をしていただくというご予定です。22オンスのリブアイステーキを召し上がれ！　22オンスは約620グラムです。ね、もうこの肉の画像、すばらしいでしょう！　私、スマホの待ち受け画面にしていますもの。つらい時に眺めると、元気が出ますよ。そうですね、このお給仕のおねえさんもきれいな方ですね。ねえ、胸の谷間が強調されていてね。ピンクと黒のかわいいドレスですね。よくこんなコルセットが付けられるなあと思いますよ。私には無理です。うふふ、ステーキよりおねえさんが気になりますか？　こちらのおねえさんの衣装は、昔むかしこの建物で働いていたおねえさんたちの服を再現したものだと言われていますね。え、こういう服を着て働く女の人たちって……。いやあの、このレストランの建物が、そういうところだったんですよ。そういうところです、言わなくてもわかるでしょ？　こちらは、そんなに長くやっていたわけではなかったそうですが、歴史的な役割もずいぶん果たしたといいます。炭鉱夫の一人の妹さんがこちらで働いていましてですね、ドット夫妻の息子のリチャードのお気に入りだったそうです。けれどもある日の朝、リチャードが帰った後も彼女が部屋から出てこないので同僚が様子を見に行くと、床に倒れて口と額から血を流して亡くなっていたのだそうです。壁には血痕があって、顔には殴打の跡があったそうです。物騒ですね。いったい誰がやったんでしょうね？　そのことがお店の閉鎖のきっかけになり、その後急速に町は変化していくことになります。

13. 居酒屋

レストランでお肉をたんのうした後は、近くのこちらの居酒屋で一杯どうぞ！　炭鉱夫たちは、こちらで毎夜労働の疲れを癒したといいます。仕事の後のビールは本当においしいですからね！　炭鉱夫たちは夜遅くまで、ビール片手にこのお店で盛り上がったのでしょう。たくさんの炭鉱夫たちが出入りするので、ここで一晩でも過ごせば、町のことはだいたいわかったそうです。そうですね、もちろんレストランの建物で働いていた女性が亡くなった件についてもたくさん話されたでしょう。ドット夫妻は治安には心を砕いていたそうだが、その件については捜査はなされたのかって？　それがねえ、裁判所の記録にはないそうです。そりゃまあ、そうでしょう、自分たちの息子が関わったかもしれない事件ですし……。特にエリザベス・ドットは息子を溺愛していたといいます。他人ならば、疑わしいというだけで罰することができても、相手がわが子である場合は真っ黒でも無理かもしれませんね。いや言ってませんよ私、娼婦を殺したのはどうせリチャード・ドットなんだろうね、だなんて。ですが、その出来事に前後して、この居酒屋で話される内容も重々しいものになっていったということはあるでしょう。それはたとえば、市長に抗議するために蜂起しようというものであるとか、そういうことはあったでしょう。

14. 工具店

炭鉱夫たちがストライキを行ったことは、シオドア・ドットの施政の末期に二度ほどあったそうです。ですが、ドット市長は、働かないなら勝手にするといい、自分は坑道に火を放つだけだから、と言って相手にしなかったそうです。そんなことになると、困るのは炭鉱で働くことで生計を立てている炭鉱夫たちですからね。ドット夫妻には、もうじゅうぶんと言っていいほどの財産もありましたし。なので、炭鉱夫たちは話し合いではなく、実力行使に打って出る必要がありました。ですが、銃などの武器の購入は規制されていましたので、炭鉱夫たちは自分たちが普段仕事に使っているつるはしやシャベルなどを手にして、抗議に出向いたといいます。こちらの工具店は、今も開店していますが、一室は資料館として開放されています。これ？　なんでしょう？　小さい穴の空いたヘルメットですね。どうだろ、実際にかぶってみると、こめかみのあたりに穴が来るのかな？

15. 時計台の隠し部屋

炭鉱夫たちの一団は、広場へと行進し、リチャード・ドットの訴追と、鉱山での長時間労働を短縮し、劣悪な環境を改良するように、さもなくば、という要求を掲げましたが、リーダーが頭を撃ち抜かれたことによって、コントロールを失い、簡単に鎮圧されてしまいました。シオドア・ドット市長は、炭鉱夫たちが力に訴える日が来ることを予測して、腕のいい狙撃手を雇っていたといいます。

16. 精製所

炭鉱夫たちにはあまりお金がないはずですが、資金はそこそこ持っていたようです。反乱に失敗したことによって、その資金源が追及されることとなりました。それで彼らが、炭鉱の近くでケシを栽培していることがドット市長の知るところとなったのです。そうです、元はそこがペチュニアの谷だったわけですね。ドット市長はすぐさまケシをすべて引っこ抜き、ペチュニアを植えさせました。川沿いには、アヘンを精製する施設がまだ残っています。いやいや建物だけです。今では観光用の製粉所になっていますよ。水車小屋が隣接した、のどかなかわいらしい建物です。

17. 水車小屋

これですこれ。ほら、かわいいでしょ? ここでねえ、逢引きする恋人たちもいたんでしょうねえ。たとえば町の西側から来た女性が、川を隔てて東側にあるこの建物で、炭鉱夫の一人と落ち合うだとか、いくらでもありそうじゃないですか。シオドア・ドット市長の娘のマーガレットもその一人だったといいます。彼女は実は、広場で狙撃された炭鉱夫のリーダーの息子と通じておりました。川を遡上してやってくる密売人とアヘンの取引をして資金を作っていたのも彼女です。父親に似てやり手な人なわけですよ。ですが炭鉱夫たちに調べが入ったことによって、それがドット夫妻の知るところになります。マーガレットは逮捕され、今はペチュニアフォール・ホテルとなっている刑務所の建物へと収監されました。そして、魔女狩りの急先鋒であった母親のエリザベス・ドットによって、魔女としての烙印を押されるわけです。

18. 渡し場

ペチュニアフォールでは、ボート遊びもできるんですよ！　炭鉱が開発されてからは、橋が建造されて主に利用されていましたが、川の流れが穏やかなので、西側と東側の行き来には渡しも使われたといいます。ね、この渡し場、情緒があるでしょう？　別の角度から見てみるとこれですね。おお、いいところに気付かれましたね。この裏手の水門には入っていけるのかと。結論から言うと、入れます。水門は町の地下水道へと通じているとのことでして、刑務所の地下牢に幽閉されていたマーガレット・ドットは、炭鉱夫たちの助けを借り、夜陰に乗じて水路を使って逃亡しました。シオドア・ドットは、大変落胆したはずです。実の娘が敵対する勢力の幹部と言っていい立場につき、そこから引き離したはずなのにまた逃げ出してしまうなどということは。母親のエリザベスは、マーガレットを処刑する気でいましたが、シオドアはそうではなかったようです。息子のリチャードよりは知恵の回るマーガレットを再教育して、自分の跡を継がせる気でいました。それが再び、自分の手を離れていくとは……。

19. 橋

町並みの古さに対して、橋はなんだか妙に新しい感じがしますね、ってまあそうですね。観光客の誘致のために数年前に修復したそうですから。それまでは、シオドア・ドットの命令で壊されて、そのままになっていました。マーガレットの逃亡後、炭鉱夫たちが再び蜂起を企てていると知ったシオドア・ドットは、橋を爆破して彼らを町の中心部に入ってこられなくしてしまいました。橋が爆破されたのは、シオドア・ドットが行方不明になる三日前のことだったといいます。これが、彼の市長としての最後の命令だったそうです。

20. 地下火災現場

橋が破壊されてから三日後、つまり、シオドア・ドットが深夜に自宅を出て、ボートで川を渡っていくところが目撃されたのを境に、二度と誰にも姿を見られていないという日に、炭鉱で火災が起こりました。地下の坑道に何者かが放火したということです。その夜は、炭鉱夫たちが再び蜂起するために、いっせいにボートで川を渡っていたため、炭鉱には誰もいませんでした。指揮する者のいない町は、炭鉱夫たちによって簡単に制圧され、銅像の頭も壊されましたが、彼らの仕事場である炭鉱の火災を消し止めるすべもまたありませんでした。橋がなくなってしまったことも、町の者による消火活動を妨げました。火災の影響による空気の汚染や、炭鉱の火災により生計が立てられなくなったことに疲れ果てた町の人たちは、数か月のうちに離散状態になり、町は見捨てられました。シオドア・ドットだけは、火災の前に行方不明になったという記録が残っていますが、エリザベスも、マーガレットも、リチャードも、そして炭鉱夫たちの誰一人も、その後どうなったということははっきりしていません。

火災の鎮火には一五〇〇年を要する、と言われてきました。そうなんです、今年がその一五〇〇年目なんですよ。どうでしょう、火が消えているかどうか、見に行かれませんか？

喫茶店の周波数

隣の席の人の会話はラジオみたいだ、と思う。私が十代の頃、トークを主にした深夜ラジオをやたら聴いていたことに関係があるのかどうかはわからないが、喫茶店で仕事をしながら、または、仕事をしようとしつつもできないながら、ついつい隣の人の話に聴き入ってしまう時、私は自分がラジオになったような気分になる。隣の人は、さしずめラジオ局のパーソナリティだ。

起きてじっとしているだけで、音声ののった電波を拾ってしまうという感覚。無線で、場所によって、よく聴こえたり聴こえなかったりするし、聴ける局とそうでない局がある。ラジオには、アンテナに線をつないで、リモコンのボタンを押して見るテレビよりも、蓋然性《がいぜんせい》が強い感触がある。どこに体があるかで、受信するものが左右される。

あまりにうるさい店では、隣の人の会話すら聴こえないことが多いので、私は、そこそこ静かな喫茶店を好む。隣の人の会話を聴けるか聴けないかが店選びの基準になっているのはどうなのか、と思うのだが、うるさい店は、なぜか椅子が硬いことも多いので、悪くない考え方だと思う。

そうやって通っていた紅茶専門店が閉店することを知ったのは、同僚が閉店セールの通知ハガキを受け取った、という話をしていたからだった。彼女には知らせて、なぜ自分には知らせないのだ、と私は一瞬憤慨したものの、同僚はそこで紅茶を買い、ポイントカード用の登録をしていたのに対して、私はもっぱら、紅茶が好きというより、静かで人の話し声がよく聴こえる、という理由で通っていて、茶葉を購入したことなど一度もなかったので、店側が私にアナウンスできないのは当然のことなのだった。

ここ最近は、遅い時刻の外回りや、仕事の食事会などが相次いで、なかなかその店に行くことはできなかったのだが、なんとか閉店の二日前に時間を作って駆けつけることができた。

店は二十時に閉まる。あくまで、この店をメインに考えて行動しろという様子だ。夜も深くなってきた遅い時間に、ごはん屋の二軒目として使われて、お茶しか飲まないでグダグダ喋られることを拒否しているかのような姿勢である。ある意味、そういう態度が閉店という結果を招いたのかもしれない。

店員は基本的に女性だが、紺色のエプロンに白いシャツ、黒いスラックス、という制服で、視覚的に客に媚びる要素はない。禁煙の紅茶専門店という店の性質からして、七割方は女性客だし、そんなことには気を配らなくていいのだろう。

そして照明は明るく、テーブルは広い。だから本当に仕事のしやすい店なのだ。特に、紙の作業のしやすさは、私が行きつけている喫茶店の中では群を抜いていた。

　改めて、惜しいな、という気分になりながら、店員に勧められた席に座る。私が訪れる平日の午後六時過ぎは、夕食の時刻ということもあってかいつもガラガラで、その、行ったら確実に入れるという感じもよかったのだが、今日は店がなくなる直前であるせいか、かなり混んでいた。併設の、茶葉を売る店舗でセールをやっていることも要因のひとつかもしれない。とにかく、私が見たこともないほど、店員たちは忙しく動き回っていた。

　右隣の席には、二人とも三十過ぎぐらいのカップルが、ときどき、これおいしいね、と静かに言いながら、ケーキを食べていた。左隣は空席である。私は、メニューを眺めながら、カップルの会話にときどき耳を澄ます。二人は、目の前のそれぞれのケーキや、飲んでいる紅茶の感想をずっと言い合っている。そちらは甘い、こちらは酸っぱい、それはいい匂いだ、こちらはミルクに合う。カップルは、幸福そうに、穏やかに話し合う。会話のテンポはきわめて遅く、耳障《みみざわ》りなトーンも内容もない。

　これだからな、この店は、と思う。少し値段が高いのと、二十時には閉まってしまうことから、あまりへんな客が来る印象がない。特に値段がネックになっているのか、パソコンでだらだらと仕事をしている姿を誰かに見せるためだとか、読書をしているという雰囲気に浸りたいだけだとか、どこかのもぐりに見える英会話教室の外国人と生徒が、授業をするためにだとかで、客が訪れているのは見たことがない。一人でも複数でも、客はわりと純粋に紅茶を楽しみながら会話をしたり考え事をしたりしている。

最後までここはいい店だ、と感慨に耽《ふけ》りながら、念のために、同席したひどい客がいたかどうかを考えていると、空席だった左隣に、髪が長くて短いスカートを穿《は》き、サングラスを額の上に引っ掛けた女がやってきた。やたら服屋の紙袋を持っていて、四人がけの席の、自分が座る以外のすべてのスペースに荷物を置いて足を組む。こう説明するとすごく若そうだが、私(三十八歳男性)とあまり変わらないか、年上のようにも見える。

女は、メニューを持ってやってきた店員に、終わっちゃうなんて残念よねえ、と話しかける。はい、と店員はうなずく。ほんとに、最近いい店ほどなくなっていっちゃってぇ、客のほうも見る目がなくなってるって感じ、と女は続けて話しかける。店員は、さようですか、と肯定でも否定でもない相槌を返す。

「なくなるって聞いて、初めて来てみたんだけど、ここ、いい店よね」

女は足を組みかえる。初めてでその態度なのかよ！　と私は声を上げたくなる。

「ほんとになくなっちゃうの？　え？　また来たいんだけど、この近くにお店ある？」

「残念ながらございません。百貨店や、ウェブの店舗は継続するんですけれども……」

「え、そうなの？　ホームページのアドレス教えて？　見るから」

検索しろよ！　ネットにつなぐ環境があるんなら！　と私は横を向いて叫びたくなった。

女はその体たらくだというのに、店員は、少々お待ちください、と一礼する。立ち去ろうとする店員に、私は、タスクを増やして悪いな、と思いながら、ウバとバームクーヘンください、と注文する。店員の、私に対する、かしこまりました、という言葉を待たずに、よろしくねえ！　と女は言う。店員はわざわざ振り返って一礼する。そしてすぐに、傍らの客に呼び止められていた。

私は、自分のことでもないのにやや疲弊を感じながら、最後にすごいのがきたなあ、と思う。あれよりすごいのっていただろうか、と考える。最初は、客がどうのというより、悠長な店員が一人居て、それがつらかったことを思い出す。お席を確認してきます、と入り口から明らかに空いている席がたくさん見えているのにもかかわらず、入店を制止し、そのまま忘れてしまった店員がいるのだ。それで、私はこの店に再びやってくることをとても迷ったのだけれども、その店員はすぐにいなくなってしまった。

ああでもいたかな、と私は書類をテーブルの上に並べながら、この店に通い始めて間もない頃に隣り合った、若い、とても若い、大学に入りたてぐらいの男の二人組のことを思い出す。

紅茶専門店にそぐわない若い彼らは、どうしてここにやってきたのかはよくわからないのだが、とにかく片方が、うわあ最悪ー！　とわめく声が大きかった。びっくりしてそちらの様子をうかがうと、白いシャツを着た男のほうが、袖口の部分に紅茶を少しこぼしたらしい。見ろよ見ろよこれ見ろよ、と、男は、私のほうからはまったく見えない、おそらくは点のような紅茶のしみを、向かいに座っている男に見せ、水よこせよ、あ、全部飲んでる、最悪ー、と連れに向かってまくし立てていた。ちなみに、男の水はまだ半分ほど残っている。

なんでそれを使わないのか、なんでペーパーナプキンをあてたりしないのか、なんで立ち上がってトイレに行って洗ったりしないのか、と私が疑問にまみれていると、高かったんだよこれー、もう最悪ー、と若い男は、さして興味もなさそうな連れの男に、なおも汚れたと主張する袖口を突きつける。

いくらと思う？　いや言わないけど、でも外に吊るしてあるような二流のじゃないんだよな、店員と話して、奥から出してもらったやつなんだよ、ああいう店ってほんとにいいものは奥にしまってあって出さないいんだよ、わかる？

男は、にやにやと言葉を重ねながら、その間に、最悪ー、最悪ーと鳴く。私は、いや、だから、トイレは店を出て通路を左に行った奥にありますよ、と思いながら、連れの男の反応を見る。なんというか、無反応である。最悪シャツ男とは向かい合って座っているけれども、面識もございません、という具合に。

ほんとに恥ずかしいー、あ、そうだ、ここを見ないようにほかのところにポイントを作ればいいんだ、と男は、傍らのリュックを探る。何を取り出すのか、と固唾《かたず》を呑んで見守っていると、男は、ジャーン、と言ってサングラスを取り出し、かける。連れの男は、もう何の感想もない様子で、テーブルの上の携帯に集中する。

これで大丈夫なはず。ああでもやっぱり最悪ー、すげえ最悪ー、紅茶最悪ー。

私は、仕事が終わりかけていたこともあり、いたたまれなくなって席を立った。男の言動と行動には、たぶん百個ぐらい突っ込むところがあるのだが、まったくの他人なのでそれを言えないというストレスが、私を押し潰した。べつに悪いことはしておらず、ただ漫然とあらゆることが間違っているだけなのだが、もっと騒ぎ立てずには間違えられないのだろうか。

男は私より二十歳は下だったと思う。勘定を済ませながら、私はこの国の将来を憂い、無性に国籍を変えたくなった。

あーいたな、いた、あれと比べたら今日の隣の人なんか全然ましだ、と思い直す。ちょうど店員が、サイトのアドレスなど店の情報を書いたリーフレットのようなものを持ってやってきたところだった。

紅茶とお菓子、どれもおいしそうで決められないー、と女はにっこりと笑う。私は、なんだかどっと疲れて、女の顔から目をそらす。女は、リーフレットを早速開いて、お店、ここということ、ああこんなとこにもあるのねえ、ここなら私行きやすいわあ、と声を弾ませ、今日は隣の店で買って帰りますぅ、と肩をすくめる。私はだんだん、女のことをすごくよく知っている人間のような気分になってくる。店内を見回すと、更に混んできていて、ほかの店員は忙しく動き回っている。

注文まだ決まってないんで、また来て、と女は店員をいったん解放する。しかしそれは、メニューが決まったらまた拘束するという予告つきのことなので、私はひそかに戦々恐々とする。

右隣のカップルは、ケーキを食べ終わり、あーおいしかった、とのんびり言い合っている。二人とも、お互いに聞こえていなくてもいい、というような充足しきった様子で、なんだこの世界の隔たりは、と私は不思議に思う。一人でやってきて、誰かを拘束せずにはいられない人と、二人でやってきて、それぞれに自足している人と。

静かにしていてくれという要求の代わりに、席が隣り合う人には、面白い話をしていて欲しい、と思う。そうでなければ、当たり障りのない話でもべつにいい。しかし左の女の、店員を何度も呼びつけて話し相手にでもさせているかのような態度は、隣で過ごすには少し支障がある。どうなんだろう、この店はわりと、おとなしくて、興味深い話をする人が来るはずなんだけれども。

先月隣り合った、妙齢の女性の二人組は良かったなあ、と懐かしく思い出す。二人は、五人組だった頃の東方神起を懐かしがり、韓国芸能界の負の部分をひとしきり憂いたあと、そういえばさ、と突然会社の話を始めた。自分のデスクから、物がよくなくなるのだという。最近などは、週に一回はボールペンがなくなるとのことで、何か私は痴呆っぽいのかもしれない、と片方の女性が、やや深刻に述べると、それは席替えが原因かもしれない、ともう片方の女性が神妙に言った。どうして？　と先の女性が訊くと、○○ちゃんの席の隣に座っている次長が怪しいと思う、という。女性によると、自分も同じような状態になったことがあり、私はおかしくなったのかも、とＤＨＡを盛んに摂取するようにしていたのだが、それでも一向に物がなくなってしまうことが解決しなかったので、もしやと思って、隣の席の上司のデスクのひきだしを開けると、自分がなくしたと思っていたものがすべて入っていたのだという。

なんていうか、無意識なジャイアニズムなのよ、と女性はにこりともせずに述べた。だからそれからは、上司が外回りに出かけている時などは、積極的に引き出しを開けて確認するようになったそうだ。中には、自分以外の社員のものもたくさん隠されていて、しまいに、上司のひきだしは、他の社員の共用文具の置き場になってしまったのだという。それでも、上司は社外に持ち出したりまでするようで、油断はできないのだそうだ。

そうか、じゃあ私もがんばって確認してみるよ、ともう一人は言って、話はまたK-POPの話題に戻った。

彼女たちの話を耳にして、次の日、私も思い切って隣の席の先輩の鉛筆立てを仔細に確認してみたら、なくなったペンが何本かあって、感慨深かった。どれだけ安価なものでも、あるはずのものがないのはつらいことですよね、と私は、彼女たちが座っていた席のあたりを見遣る。もちろん、彼女たちはそこにはいない。

そういえば、その窓際の席は、ユア・ソング・イズ・グッドのライブに行こう、と約束していた看護師さん二人組が座っていた席でもある。妙齢の先輩女性と、年若い後輩女性は、二人とも生まれて初めてのライブに行くことを、この喫茶店で約束していた。熱心に先輩女性を誘う後輩を、私は心中で、もう少しだ、がんばれ、と応援したものだった。

私はこの店のお茶や環境に恩と思い出があるけれども、この店に出入りしていた名も知らない人たちもまた、その一部なのだな、と感傷的になっていると、私のテーブルに、ウバとバームクーヘンが運ばれてきた。お待たせしました、と店員は、スムーズな手つきでカップに紅茶を注いだ後、ポットにカバーをかける。まったく柄のない紺一色のカバーが、男の私にとってこの店が、他の紅茶専門店と比べてどれだけ入りやすい店だったかを、改めて悟らせる。

他の客の会話を抜きにしても、閉まるのは寂しい、とウバに口をつける。うまい。

ちょっと、と隣の女が、店員を呼び止める。私は、自分のことではないのに、来た、と肩を緊張させる。

このぉ、フレンチトーストとクレープのどっちを食べようか迷ってるんですけど。

まよっ？　とまた思わず、そちらを向いて声を上げそうになる。迷っている状態で飲食店の店員を呼ぶことってあるのか？　いや、あるけど、他の同席者に先にオーダーを言わせたりしながら、最後まで迷ったりするけれども、店員に対して明らかにはしないだろう。もしかして海外とかでは普通のことなんだろうか？

これと合う紅茶ってどれとどれとどれですか？

女はそう言って、店員に最低でも三種類以上を挙げさせようとする。店員は落ち着き払いつつも、やや早口で、リストの中の三種類のお茶の名前と、その特徴を説明する。

ええ、じゃあ、こっちと合うのはどれとどれとどれですかぁ？

一つ増えている。店員は、女の質問の合間に、少し心配そうな顔つきで、店内を軽く見回していた。それでもちゃんと答えるのだが、その品数が三つにとどまると、ええ、他は？　と女は食い下がる。マジか、と私は口の中で呟いてしまう。よくわからないが、この女は何かの小鬼なのかもしれない、と思う。心なしか、私が口に入れたバームクーヘンもパサパサしているように思える。

ごめんなさーい、やっぱり決められない、また呼びますー。

何だかよくわからないが、私が泣きたくなる。こんなはずじゃなかっただろう。こういう客が来る店では。

私は、左隣から迫り来る現実に抗《あらが》うように、ここのお客に関する最も質のいい記憶を呼び起こそうとする。

この店に来た客で、唯一名前を知っている女性だ。あかりちゃんという。少しぽっちゃりしていて、メイクがきつめなのだが、元気な明るい女性だった。あかりちゃんは最初、なんとかちゃんはほんとにもう辛いよ、着歴あってもそっこー消すもん、もう、名前見てるだけでしんどくなるから、などと話していて、感じの悪い人のように思えたが、彼女が話していることをよくよく聞いてみると、非常に依存的で、かつ気分屋の女友達に付きまとわれていることが判明したのだった。あかりちゃんは、女友達に呼び出されると、夜中でも原付に乗って彼女を慰めに行き、パートに出るための履歴書の推敲をしてやり、彼女に代わって母親に仕送りの工面をしたりしていたのだという。

　五年ぐらいそんなことをしてきたけど、もう無理、とあかりちゃんは言っていた。五年か、あなたそれはお人よしだ、と私は思った。同伴の女性が、ほとんど喋らずに相槌だけを打つ人だったので、私はいつしか、あかりちゃんと差し向かって喋っているような気分になっていた。

　とにかくおじさんに、もっと野菜を食えとか言ってもききやしないから、お昼に肉と玉子と魚のどれか二つか全部を同時に食べてたら、一つだけにしてみましょうね、って、まずそっから言うようにしてる、と、病院だか保健施設だかで栄養指導の仕事をしているというあかりちゃんは言っていた。私も、おじさんと言えなくもない年なので、ああ、そういえば、と自分がその日食べたものを思い返して膝を打ったのだった。ツナマヨのおにぎりと、串に刺さったからあげと、出し巻き玉子を食べていた。それじゃなんですか、とりあえずツナマヨは昆布か梅干にしたらいいですか、と私はあかりちゃんに訊いてしまいそうになった。

　あかりちゃんと同伴女性との共通の友人が、一目ぼれされてついつい付き合った相手に求婚されて迷っていた、という話でも、あかりちゃんは、なら一回連絡を絶って、寂しくなったらやっぱりその人が必要だってことだから、受ければいいのよ、って言った、と歯切れがよかった。友人は、無事結婚を決めたらしい。

　私が、誰かの話し声を受信するラジオなら、あかりちゃんは優秀なパーソナリティだったように思う。あかりちゃんが、左隣の小鬼女と同伴していたら、いったい彼女に何を言っただろう、と異種格闘技のようなことを考え始めてしまう。もしくは、袖口を汚したと派手に騒ぎながら、まったく何の対策もとらなかった若い男が相手ならば。

右隣のカップルが席を立つ。私は、バームクーヘンを食べ終わる。左隣の女は、手を上げて、やっと注文をすませていた。それでもやっぱり、迷っている、という旨のことは言わずにはいられないらしく、お店がまだ続くなら、こっちも食べたのにぃ、と残念がっていた。私は、するすると飲める温度にまで冷めていた紅茶を飲みながら、私はそれもそれもそれも食べた、実は甘いものが苦手なので、けっこう後悔した、と、女の目の前でメニューを指さしている自分を夢想した。

ここはいい店だ、という気持ちの良い思い込みを、最後の最後で揺さぶられながら、私はレジに伝票を持っていく。店内からは人が引き揚げ始めていて、そもそも左隣の女が店員を独占して営業の邪魔をしているように感じられたのも、妄想なのかもしれない、としおらしくなってくる。

長い間、お世話になりました、と、数年店に通わせてもらったレジの店員に伝える。店員が、どうもありがとうございましたー、と、いつもと変わらない一礼をよこしたので、いや、長い間っていうのは今日の長い間とかじゃなくて、自分がこれまでこの店に通った期間のことを言っているのだけれど、と補足しそうになるのだが、きもいおっさんみたいだと思い直してやめる。私がもといた席の左隣に座っている女は、運ばれてきたフレンチトーストには一切手をつけず、渋い顔つきで、携帯になにやら入力している。いったい何がしたいのだ、とこの期に及んで、疑問が頭をもたげる。

だいたいの物事は、最後だからといって格好がつくわけではないだろう、これもそうだ、と思いながら、私は通りに出て、駅へと向かう。前方から、若い女性が二人、わーきゃーと言いながら走ってくる。ああもううるさい、と私は頭が痛くなる。

あーほんとに忘れてたよ、明日披露宴だし、あさっては最終日だから絶対混んでるよね。あ、間に合いそう、たぶん、ちょっとしかいられないかもしれないけど。

片方の女性は、振り返って、早口で連れの女性に話しかけながら、忙しく走ってくる。連れの女性は、うん！　と、大きくうなずく。

二人組を見て、私は、ほーと口を開けた。栄養指導のあかりちゃんと、その友人だった。

すみません、二人なんですけど！　とあかりちゃんは店員に向かって二本指を立てた。こちらへどうぞ、と店員は、私が座っていた席に、あかりちゃんとその友人を案内した。

Sさんの再訪

大学時代の友人である佐川さんから私にハガキが来ていた、と実家の母親が転送してくれたのは一か月前のことだった。『いろいろありまして離婚し、この県に戻ってきました。父から家業である行政書士の事務所を引き継ぎ、これから静かに暮らすつもりです。田口さんさえよろしければ、一度お会いしませんか？』という内容だった。私は、離婚したのか、と驚き、けれども佐川さんの元夫がどんな人かも知らないな、と思いながら、とりあえず、メールアドレスに『田口です』という件名で『とても懐かしく思います。私もぜひお目にかかりたいです』と書き送った。返事はすぐにやって来て、私は佐川さんと会うことになった。

大学を卒業して二十五年、私は一度も佐川さんには会っていない。佐川さんが実家とは別の行政書士の事務所に入るために他県に行ってしまい、私はというと、大学在学中から付き合っていた夫と結婚して、自宅から各駅停車で十五分の所に引っ越すぐらいの移動しかしなかったからなのだが、基本的に大学時代のグループとは、それぞれの結婚式以来誰とも会っていない。私と佐川さん以外はみんな他県から大学に来ていたというのもあるだろう。佐川さんは結婚式を挙げず、他の友人の結婚式も欠席していたので、卒業式以来ということになる。薄いつながりなのだなというのならそうなのだが、仲が悪かったというのではなくて、卒業してからみんな、それぞれに大変な中、疎遠になっていったのだと思う。

私たちは、佐川さん、白間さん、砂井さん、瀬藤さん、園田さん、そして私という六人のグループだった。とりあえず、名前も顔も思い出せるのだが、どうもそこに尽きてしまう。テレビや勉強のこと、おしゃれのことや男の子についていつも話している、普通の六人だった。あまりに普通だったので、誰がどんな人だったかが、よく思い出せないのだ。同じ大学だった夫に、私とつるんでいたのはどんな女の子たちだったか尋ねようとしたのだけれども、ちゃんと答えてくれるかわからないのでやめておくことにして、私は当時の自分の日記を読み返すことにした。実家にまだ置いてあるのだ。結婚してからは忙しくて、日記をつける習慣もなくなってしまった。

実家から日記を持ち帰った私は、会社の帰りに喫茶店に寄ってノートをめくり始めた。その日も残業だったので、疲れ果てて店に入ったのは二十一時を過ぎていたと思う。一見して困ったな、と思うのは、すべての内容がイニシャルで書かれていることだった。私は相当自分勝手なことを綴《つづ》っているので、誰かを名指しにしないのはむしろ良い心がけだったが、佐川さんについての記述を探そうにも、日記にいくつか、明らかに別の人間であると思われる「Sさん」という名前が出てくるのに苦心した。例えば以下のように。

〈×月×日　SさんがY先輩にもてあそばれたと嘆いていた。私からしたら、SさんはY先輩にもてあそばれるどころか、その入り口にも立っていないと思う。たぶん、ちょっと優しくされてのぼせ上がって、その後先輩が彼女のことを覚えていなかったとか、そんな感じだろう〉
〈×月×日　SさんがKさんと親しげに話しているところを見かけた。Sさんは、自分ではそうではないと言うけれども、きっともてるのだろう……。私は落ち込んで少し泣いた〉
Sさんその2がSさんが同性異性関わらず取り囲まれていることに、私は嫉妬を禁じ得ない……。Sさんはおもしろくて性格がいいからなんて言ってたけれども、私からしたらSさんは八方美人なだけだ〉

Sさん、Sさん、Sさん、そしてSさんその2。私は、誰が誰かを懸命に思い出そうとしてみたが、どうにも無理だった。そして、自分のグループの女の子たちは、私以外はみんなSというイニシャルだったことを思い出し、呆然とした。なんということだ。いや、五十音順でクラスが振り分けられた一年のグループをそのまま卒業まで持ち越したから、仕方がないと言えるのだが。当時の私は、Sさんをこれだけ登場させておいて、どのSさんが誰かをわかっていたのだろうか。私は日記を読み返すということはせず、ただ心に澱《おり》の溜《た》まるままに書いていたから、おそらく書いたその日に見分けられていれば十分だったのだろう。いったいどのSさんが、私が会おうとしている佐川さんなのか。
〈×月×日　Sさんが、まだ内定が取れないとがっかりしていた。他のグループのみんなは早々に就職を決めたので、Sさんの慰め会をして、その帰り道で、でも服装があかぬけないからじゃないの？　という話をした。残酷な私たち〉
〈×月×日　Sさんと言い争いになる。というか私が一方的に言われているだけ。学校のカフェで、「依存心の強いにせもの」と言われる。そうかもしれない。Sさんに見捨てられたくない。Sさんはとてもいい会社の内定を取ったし〉
〈×月×日　Sさんは、私のことが心配という。Sさんの厚意に私は泣く〉
〈×月×日　Sさんは今も内定が取れていない。仕方がないので、一年就職浪人をして資格の勉強をするという〉
〈×月×日　Sさんは私より美人だけど、頭は良くない。でも私よりいい企業の内定を取った。にこにこしてお祝いを言ったけれど、本当は悔しい〉
〈×月×日　Sさんは私たちのグループでいちばん良くない容姿だけど、いちばんいい企業の内定を取った。彼女は結婚できないだろうから、それがいいだろう〉
〈×月×日　図書館で姿を見かけて手を振ったけれども、Sさんは私を無視した……。Fさんと一緒だった。いったいどれがSさんの真意なのだろう。Sさんの事ばかり考えている〉

〈×月×日　Sさんは、留学生であるスリランカ人の僧侶を好きになったため、シンハラ語の勉強を始めた。みんな、すごーいといいながら、どこか冷ややかな目つきで見ている〉
〈×月×日　Sさんは、「頭を冷やしたらどうかな？　私たちがあなたについてるよ。辛いことがあったら電話して」と言う。でも、正直どうでもいい。就職浪人をするような子に慰めてもらうことなんか何もない〉
〈×月×日　Sさんはありがたい人だ。でも、それだけだ〉
〈×月×日　Sさんに料理を教えてもらう。胃袋をつかむとはどういうことなのだろう。Sさんは地味だしとりたてて面白い人間でもないけど、料理だけはうまい〉
〈×月×日　Sさんの下宿に夕食を作りに行く。親には、友達の家に泊まりに行くと言っている。就職活動なんかより、よほど勝負のかかったイベントだ。私には〉

日記はその記述で終わっていた。最初に思い出したのは、シンハラ語の勉強を始めた「Sさん」は砂井さんだということだ。砂井さんは、とても明るくて話し上手で、同性異性かまわずいろんな人とやりとりをしていて、私はそれがうらやましかった。なのに言葉がうまく通じないスリランカ人の僧侶を好きになって、何を話したらいいかわからなくなっているのを見て、私は少し溜飲《りゅういん》を下げたものだった。今考えるとくだらない気持ちだ。
いちばんいい企業の内定を取ったのは白間さんだ。とにかく学校の成績が良かった。証券会社に入ったが倒産し、最後に会ったときはフリーのファイナンシャルプランナーをやっていた。先輩にもてあそばれたと嘆いていたのは彼女だったが、それは勘違いで、その後結婚した。

美人なのは瀬藤さんだ。本当にきれいな子だった。彼女は彼女と同じぐらいの美男と結婚したが、給料は良くないと耳にした。

料理上手なのは園田さんだ。彼女は私たちの中でいちばん早く結婚して、専業主婦になったが、夫の会社が倒産して、料理教室の先生をかけもちして働いていた。

佐川さんは、「あかぬけない」と私がひどいことを言っていた、就職浪人をし、私を慰めようとしてくれた人だ。そのことがわかるとほっとした。こんなにひどいことを考えていた自分をお詫《わ》びしたいと思うけれども、今蒸し返しても相手も迷惑なだけだろう。それよりは、ケーキの一つでもごちそうできたら、と思う。

そして友人たちの事よりも、私は重要なことを記していた。日記には、五人のSさんに加えて、もう一人のSさんのことが書かれている。私の夫である、阪上のことだ。

思えば大学時代からこんなことをしていたのか、と思う。私に隠れて女と会って、私を恫喝《どうかつ》した後に「でも心配している」と優しい言葉をかけて引き寄せ、私を無視する。

ずっとそうだった。この二十年以上に及ぶ結婚生活の間、ずっとそうだったのだ。

私たちなどよりずっと苦労して就職をした娘は、先日会社で二年目を迎えた。大変そうだが、なんとかやっていると思う。そのことだけが気がかりだったが、ときどき、もういいんじゃないの、したいようにすれば？　と言ってくれるようにもなった。そのために、ずっと働いてきたんでしょ？　とも言われた。

日記を閉じて、私は夫である阪上と別れることに決めた。それにまつわるいろいろなことは、今度会う佐川さんに訊けば良い。きっと親身になってくれるだろう。

行列

終電で最寄り駅までやってきてシャトルバスに乗り、あれが展示されているという巨大な建物に入場し、列の最後尾に並んで二時間になる。

前を並んでいる池内さん夫妻との会話の中で私は、それにしてもあれが無料で見れるなんてすごいですよね、と言う。二回目だ。「あれが無料で見れるなんてすごい」という話題を持ち出すのは、おそらくこの行列の最初から最後までで多くて一人五回が限度だと思うのだが、二時間で早くも二回目までを使ってしまうことに内心焦りを感じていた。いや、でもまだ池内さんの旦那さんの方は一度も言っていないので、この先ずっと言わないでいてくれたら、私がその分言えるかもしれない。

ちなみに、池内さんの奥さんは今までで三回言っている。私と池内さん夫妻でそれぞれに五回「あれが無料で見られるなんてすごい」と切り出す権利があるとしたら、全体では十五回で、二時間で五回使っている。あれが無料で見られることのすばらしさに関しては、私は何度でも反芻することができるけれども、行列は全体で十二時間、あと十時間ある計算になるので、この先何を話せばいいのか思いやられる。いや、黙って並んでいればいいのだが、どうしても話したくなってしまう時というのがあるし、話すことになってしまった行きがかり上、ある時からまったく話さなくなるというのも気まずい。

前に並んでいるのは池内さん夫妻。後ろに並んでいるのは母親と娘さんで、最初に挨拶したときに名越さんという名字であることが判明した。池内さん夫妻は六十代半ば、名越さんのお母さんもおそらく六十歳代で娘さんは三十代半ばといったところだ。池内さんの前には幼稚園の年長ぐらいの男の子を連れた家族連れがいて、名越さんの後ろには、私より少し年上ぐらいの男の人が一人で並んでいる。私は三十八歳だ。

「あれが前に来日したのはね、東京オリンピックの年なんですよ」

「へえそうなんですか。何十年ぶりに日本に来たんでしょう?」

あれに関するサイトをちょっと見たらわかる情報を、池内さんの奥さんは大したことのように言うので、私は知らなかったふりをしてうなずく。

「五十五年ぶりだね。その時にも私は見たよ。父が協賛企業の重役だったので、プレオープンの時に見に連れて行ってくれた。だからこんな行列に並びはしなかったがね」

「それはすごいですね」

池内さんの旦那さんは、そう言って欲しそうな素振りだったので私は感心する。まあ実際感心する。私の勤めている会社の重役連中が、あれを早く見るコネを持っているなんてとても思えないし。

「本国でも見ましたよね、私たち」

「そうだったかな?」

「そうですよ。二十年前に旅行で行ったじゃないですか」

「私は風邪を引いてホテルで休んでたんじゃないかな?」

「あらそうでしたか」

私はラジオのように池内さん夫妻の会話を聞く。池内さん夫妻のラジオは、特におもしろくもないけれども、つまらなすぎるということもひどく不快ということもないので、喋らせっぱなしにしておくことにそんなに抵抗はない。

夫妻が会話をしている間、私はリュックから本を出して読みかけのページを開く。ちなみに、行列に並んでいる私たちはほとんどが座っている。行列は長時間に及ぶ、という情報は事前から基本的な情報としてあったので、軽量で腰掛けることができるものをだいたいの人が持参しているのだ。私も持ち運び用の小さなアルミ製の椅子に座っているし、池内さん夫妻も後ろの名越さん親子も同じだ。池内さんの前の家族連れは、もっと大きなアウトドア用の椅子に座っていて、地面にビニールシートを敷いており、男の子はそこに座ったり寝転がったりしている。名越さん親子の後ろの男性は、百円ショップに売っている踏み台のようなものに、折りたたみ座布団を敷いて使っているようだが、立っている時間が比較的長い。

しおりを挟んだページを探していると、ねえ、小川さん（私の名字だ）はあれの他のをごらんになったことはあるんですか？　と池内さんの奥さんにたずねられる。私は、ないですね、海外に行ったことはないし、これまで来日したのは全部東京に来ただけだったから、と答える。

「それは人生の損をしていますね」

「そうかもしれないですね」

だから今回一念発起して見に来ました、と私は付け加える。初対面の人の「人生の損」を指摘するというのは大胆だな、と私は池内さんの奥さんに対して思うのだが、この人はそういう無邪気な人なんだろう、と思うことにしている。旦那さんのほうは、たびたび生まれも育ちも現在の生活も良いことをほのめかしているが、奥さんの方も似たようなものなのだろう。だからほとんどの人が彼らの思う水準以下の暮らしをしていて、みんな「損」をしているのだろう。

とはいえ池内さんの奥さんはいい人だ。私が真後ろに並び始めて三十分後、マドレーヌを分けてくれた。私は、行列のところどころに設置されている無料のお茶ディスペンサーから紅茶をもらって、そのお茶請けに食べたのだが、とてもおいしかった。奥さんは、どこかのややこしい店の名前を言って、そこの常連でパティシエも私たちの名字を知っていて、お菓子を買いに行くとわざわざ工房から出てきて挨拶をしてくれると話した。

「取り戻せるといいですね、人生の損」

「ええ、損をね」

「損はよくないですよ」

損、損と言いながら、夫妻が満足げに微笑み合うのを私は眺める。携帯が鳴って、友達からメッセージが来たことを確認すると、少しほっとする。

『並んでるんだね。うらやましいなあ。私も並ぼうと思ったけど大変そうでやめちゃった』

うらやましい、と言われると、改めて自分が正しい選択をしている気分になる。私は得意になって、もう二時間いるけど、全然大丈夫だよ、と返信をする。前後の人たちはいい人だし、無料で飲めるお茶もあるし、試供品が配られてくることもあるし、いろんなところにモニターが設置してあってあれに関するまとまった動画が見られる。充電のコンセントはないけど、携帯のバッテリーが尽きた人のために、列整理の人がモバイルバッテリーを売りに来てくれる。安いわけじゃないけど、あれのロゴが入ってたりして実質グッズだから、行列に並んだ記念としてなら手頃だと思うんだよね。


連休ですごく暇だったので、あれを見るための行列に並んでみようと思ったのが最初だった。普段休みの日に会う友達のうち二人が海外へ行き、他の友達もみんな家族と過ごすという中、私はちょっと国内に旅行に行くぐらいで話題性に欠けるのが密かに寂しいと思っていた矢先に、テレビのニュースで見たのだ。あれが来るのは知っていたけれども、へーそうかぐらいの気持ちでいて、ものすごく興味があるとか好きだというわけではなかった。でもあれを見るための行列に並んだら、ちょっとした武勇伝になるんじゃないかと思った。

待ち時間は十二時間が予想されていて、かなり気後れするものはあったのだが、どうせ暇だしいいやと思い直した。お茶のディスペンサーがあることや、並んでいると軽食の売り子が来てくれる様子もテレビで見たし、仮設トイレもたくさん設置されているそうだし、行列に並んだ記念に全員に無料で配られるという、あれをイメージしたお弁当がすごく魅力的に思えた。お弁当がどのタイミングかということについてはシークレットとのことで、お弁当目当てにある地点まで並んでお弁当だけもらって帰る、というようなことはできなそうだった。

テレビでは、十二時間待ちの行列は確かに長いが、並んでいる人を飽きさせない工夫がたくさんあるということが強調されていた。あれに関する動画が流れているモニターもそうだし、あれに並んだ人限定で、有名で人気のあるゲームの限定キャラクターをもらえるという話だったし、あれのグッズの抽選に当たる権利も買えるとのことだった。

行列はA列からZ列まであって、一列につき千人が並んでいるそうだ。私はP列に並んでいる。列のアルファベットはひとかたまりの単位のようなもので、前に進んでも、たとえば私ならO列に移動しましたというようなことはなく、A列の最初の五百人が入館しました、というような使い方をする。

行列は十二時間待ちでものすごく長いということもあって、いろいろなエリアを通るらしい。

行列に並ぶこと自体を良い経験にできるようにと、とても景観の良いエリアも用意されているそうだ。むしろその夢のような風景は、あれを無料で見ることと同等の体験であるようにも宣伝されていて、あれにも劣らないぐらいの大きな画像で説明されていた。行列に並んでいる家族連れなどは、高尚なあれ以上にその景観エリアが目当てなのではないかという話も耳にする。

なんにしろ、この行列に並ぶと、二十世紀の東京五輪以来の来日となるあれを見るという貴重な経験と、並んでいる間に見る美しい景観の思い出と、特製のお弁当と、行列に並んだ人間しか手に入れられない有名ゲームの限定キャラクターと（私はゲームはやらないけど）、十二時間もあれを見るために並んだという経験と、さまざまなものがいちどきに手に入る。時間は長いけれども、とても良いアトラクションではないだろうかと、行列に並ぶことを決めた私には思えたのだった。

携帯で行列の情報をチェックしていた同じP列の誰かが、あと二十分ぐらいで景観エリアだって、と口にしたので、私は携帯のバッテリーの残量をチェックして、たくさん写真が撮れることを確認する。

「私たち、実は一度景観エリアまで来たんですけれども、並び直したんですよ」

池内さんの奥さんのほうが、私を振り向いて言う。

「へえ、どうしてですか？」

「それは、ねえ」

池内さんの奥さんは、旦那さんに向き直って、眉を下げて片目を眇《すが》める、絵に描いたような苦笑をする。旦那さんも、やれやれといった様子で肩をすくめる。

「この行列はね、無料で、あらゆる人に開かれているじゃないですか」

「ええ、並ぶのはね」

「だからこその弊害というのかな、この日本の、あらゆる社会階層の人がやってくるわけですよ」

「はい」

池内さんの旦那さんの話はこうだった。一度目に並んだ時、前にいたのは派手な若い男女だった。彼ら自身は三時間、品のないしゃべり方で生活のことや友人の夫婦のことや仕事のことなどをすべて悪く話しながらおとなしく並んでいたのだが、景観エリアの直前に来ると、突然そこに、大量の食材の入ったプラスチックの袋やキャンプ用品を持った同世代の四人の男女が加わった。行列は、基本的にあれを見る人は全員並ぶことが必須だったのだが、係員の目を盗んでのことだった。池内さんの旦那さんは、係員に訴えようとしたのだが、そもそも目を盗まれるような頻度でしか係員が来ないので、訴えることもできなかったようだ。

景観エリアに入ると、池内さん夫妻の前の六人は、地面に代表者の名字と人数を書いた養生用テープを貼って、景観要素の近くへと移動していった。あれの公式サイトで調べると、景観エリアでは二時間から三時間ほど列が動かなくなるので、それ自体はいいらしい。池内さん夫妻も、持参したテープを貼って行列を離れ、美しく、いい香りがして、心癒される景観要素へと近づいていった。

思っていたのと違う、とは思ったのだという。いや、景観要素自体はサイトの画像や動画の通りだったが、そこにポップアップ式のどぎつい色のテントの大群と、場所の占有を示す所狭しのビニールシートの海が加わった。どこからか肉を焼く匂いが漂ってきて、良い香りは後退していった。ある四人家族が、顕著な景観要素の真下にいながら、次々とテントに入っていった。池内さんの奥さんがそれを見つめていると、一家の奥さんは、小さいいたずらがばれたような照れたような顔をして、小さく舌を出してテントの入り口をシャッと閉めたのだという。繰り返すが景観要素の真下で。つまり、景観要素を見る側は、その一家のどぎつい色のテントごと眺めなければいけない、という状況になった。そしてテントの中の人たちは、場所は占有するものの景観自体は見ていない。

そういうことは、そこかしこで繰り広げられていた。行列側が用意した景観エリアは、景観を楽しむというよりも、土地の一時的な占有を楽しむ人々のための場所と化した。

「ちょっと待ってください」ならどうやって写真を撮ったらいいのか、テントやビニールシートを写り込ませたくないのだが、ということに戸惑いながら、私は口を開いた。「大して眺めてもないのに場所だけ取って、他の人の視界に入りまくるなんておかしいじゃないですか。係員は注意しないんですか？」

池内さん夫妻は顔を見合わせる。そして奥さんのほうが、私たちに言われましてもね、とおっとりと呟く。

「だって、行列自体は無料だからね」旦那さんのほうは、やや我が意を得たりという顔つきで答える。「しかも行列側は、お弁当を配ったり、軽食を売り歩いたり、モニターを管理したりというサービスまでおこなっている。景観エリアの占有を取り締まるところまで手が回らないんじゃないか？」

池内さんの旦那さんは、世慣れと諦めの両方を滲ませながら答える。自分たちではどうすることもできないことを、私に説明して憂さを晴らしているように思えた。

話している間にも、私たちの行列は次第に景観エリアへと近付いていく。確かに、不自然な色のテントが群をなしているのが遠目にも見える。

「前の人たちが列を出たあと、私たち夫婦も景観を観に行こうとその場を離れました。まあ、椅子もあることですし、そのあたりで座って景観要素を楽しめればと思ったんですよ。ですけれどもね」

「景観要素が立ち並んでいる土手の下に比較的空《す》いている場所があってね、そこに行けばよいのかと思ったんだけれども、土手に設置された階段の真下の通路に、私たちの前にいた六人組がいたんだ。真下だ。つまり、階段を降りると彼らがその場を占領している。彼らのビニールシートを踏まないことには、そこから先に進むことはできない。彼らは死ぬほど酔っぱらっていたが、他の誰かがビニールシートを踏んで進もうとすると、人の物を踏むなと罵声をとばしていた」

「動線を完全にふさいじゃったわけですね」

世の中には動線に関する想像が一切できない人が、そう少なくない人数いるということは知っている。できないというか、おそらくは「しなくてもいい」と高を括ったまま生まれて死んでいく人たちだと思うのだが、池内さん夫妻の前の六人組もそういう人たちだったのではないだろうか。

「それで私たち、列を並び直すことにしたんですよ」池内さんの奥さんは、近付いてくる景観要素とテントの群を、何の感慨もない目つきで眺めながら続ける。「だって、景観エリアが終わったらその人たちはまた行列に戻ってくるわけでしょう？　残りの数時間、そういう人たちと前後だなんて耐えられませんよ」

「けしからん話だ」

「ただほど高いものはないっていうのは、ああいう人たちと一緒くたに過ごさなければならないことをいうんですよ」池内さんの奥さんの怒りは、もはやはっきりと存在が視界に入ってきた、無料の占有に奔走する人たちに向けられているように思えた。「あの人たち、きっと狭くて仕方がない家に住んでるから、外であんなに土地を占有したがるんだわ」

その言葉に、私の胃はちくっと痛んだ。私も狭くて仕方がない家に住んでいる。でもなんとか、占有への欲望は抑えているつもりだ。カフェに入っても一人なら二人席より広い席には座らないように気をつけているつもりだ。電車では、どれだけ空いていても荷物を隣の空席に置いたりしないように気をつけているつもりだ。

私たちの列が完全に景観エリアに入ると、行列は停止した。池内さん夫妻は、ディスペンサーで紅茶をくんできたあと、その場で椅子を出してくつろぎ始め、私は、池内さん夫妻から聞かされた景観エリアの現状と自分の目で見た惨状にひるみながらも、とりあえず写真の撮影だけでもするために列を離れることにした。

景観は確かにすばらしかった。上を向いていて、テントを視界に入れなければ。けれどもそうし続けるには首が疲れた。景観要素の良い香りは、アルコールと肉が焼ける匂いにすっかりかき消されていた。とにかく、人間が写り込まない高い位置なら、景観要素だけの写真が撮れるとがんばってみたのだが、ある狙った所で、何度撮っても男の子の頭が写り込んでくるので、携帯を下ろして何が起こったのか確認すると、私が上を見ている間にある家族がトランポリンを設置して子供が飛び跳ねていたのだった。

私は心が折れた。列に戻ろうとテントの通りを避けながら歩いていると、行列から十メートルほど離れた所に張られていたテントの入り口がシャッと上がって、私と同い年ぐらいの女の人が顔を出した。

「すみませんけど、P列が動いたら教えてもらえません？」

私が黙って見下ろしていると、女の人はまったくの無表情でシャッとテントの入り口を閉じた。

列に戻ると、ひどかったでしょ？　と池内さんの奥さんに声をかけられた。私は、はいとうなずいて出したままの椅子に腰掛け、しばらく目を閉じて眠った。なんだか疲れた。


景観エリアの狂騒が終わると、行列は五時間が経過しており、さすがに退屈が列全体を覆うのが見て取れた。脱落する人たちもぼつぼつ現れ始めた。行列の側としても一応の工夫をしていて、退屈を紛らす仕掛けとしてなのか、そこかしこに大きなモニターや大型ビジョンを設置し、あれの歴史やあれを取り巻く文化について、あれの作者の生涯やあれのモデルになった事象の推測などについてのドキュメンタリーのようなものをずっと流していた。集中しようとすればできるし、無視することもできるという音量なのが、いいといえばよかった。その時は細切れにモニターを見たり見なかったりしていたのだが、一度も同じ画面はなかったので、番組はけっこう長いものだったのではないかと思われる。

前を並んでいる池内さん夫妻も、さすがに口数が少なくなってきた。二人は、私が知る中でもよくしゃべるな、という夫婦なのだが、何も言葉を発さなくても同じ場にいられることも、さすがに夫婦ということなのだろう。それでも、子供の体調不良を使った列ジャンプを見かけた時は、私と池内さん夫妻は少しの間文句を言い合った。

いきさつはこうだった。行列に並び始めてから五時間半ほどが過ぎた頃、どこからか、男の子の大きな泣き声が聞こえてきた。とても折り目正しく、ひらがなに落としやすいえーん、えーんという泣き声で、今の子供はこんなふうに泣くのか、自分の時はもっと混沌としていた、などと暇に任せてどうでもいいことを考えていると、折よく医療テントがあるエリアにさしかかり、列から家族三人が出て行った。三人は、私より十グループほど前を並んでいた人たちだということがその時にわかった。

行列の縦方向に沿うように設置された医療テントはかなり長大で、プライバシーの保護のためか中は見えないようになっている。どのぐらい長いかというと、行列の人数で言うと縦に百人分ぐらいだ。私は注意していなかったのでその家族のことしかわからないのだが、この行列ではそのぐらい体調を崩す人がたくさんいるのかもしれない。医療テントの端は、行列が折れ曲がるところで終わっていた。

えーん、えーんの男の子を連れた家族は、私の側から見ていちばん手前の出入り口から医療テントに入っていった。えーん、えーん、はしばらく聞こえていたものの、そのうちやんだ。池内さんの奥さんは、そもそも子供連れでこの行列に並ぶこと自体に反対ですよ、と旦那さんにでもなく私にでもなく言っていた。

医療テントから三人家族が出てきたのは、その少し後だった。三人は、入ったのとは同じ出入り口を使うのではなく、私から見ていちばん遠い、行列の前方側の、列が折れ曲がる地点の出入り口からテントを出て、そのまま最初に自分たちが抜けた場所には戻らないで、行列が折れ曲がっている所に入っていった。

えーっ、と思わず私は言った。池内さんの旦那さんは、舌打ちをし、奥さんは、あらまあ、と平たい声で言った。さすがに係員に訴え出なければいけない事案だと思うのだが、列整備の係員はやはりいなかった。

どうしてそんなことができたのだ、と疑問に思って、私は一所懸命行列が折れ曲がる地点をのぞき込んだのだが、おそらく、行列の折れ曲がり地点にはグッズ売場があって、そちらに注意を奪われる人も多いから、どうも列がゆるんでいるようなのだ。それでも理由が判然とせず、携帯のカメラアプリを開いて、ピンチで拡大してその家族の前後の人々を確認すると、前は女性の一人連れ、後ろは男性の一人連れで、二人とも私のように地味で気が弱そうな感じで、体調不良の子供を連れた三人家族に対して、元の場所に戻ってくださいとはっきり言えそうな感じではなかった。三人家族の両親もまた地味な感じで（そういえばテントの中から「列が動いたら教えてもらえません？」と言ってきた女の人も地味だった）、不正をしていても絶対に普通の人は注意できないだろうというような様子でもなかったのだが、それでも子供がいると何も言えないのかもしれない。

自分が直接被害を被ったとも言い難いのだが、やはり納得できないので、憂さを晴らすために携帯で検索すると、似たような不正はこれまでにも何度も行われているようだった。縦に長い医療テントを使って列ジャンプをするテクニックも共有されていた。成人が数人でそういうことをすると咎められた、という事例もあったのだが、泣いている子供連れでは指摘しにくいのもわかる。

たいていの人は怒っていたが、「簡単にできるんならやらないほうがバカだろう」と言っているような人も少なからずいた。「モラルの崩壊」という大げさな言葉が頭をよぎった。

「あれ、嘘泣きよ。子育てしたらわかりますもの」

池内さんの奥さんの指摘も、なんだかむなしかった。その気持ちを忘れるために、私は熱心にモニターを眺めることにした。

プログラム自体はまっとうであったように思う。ナレーションやナビゲーションには、名の知れた初老の男性アナウンサーを使い、あれが作成された背景や、あれを構成する要素の謎の部分、あれを巡る時の権力者たちの駆け引きなどを、ちょっとしたドラマを用いてうまく説明していた。

「三周目見るとさ、再現ドラマのあれの作者が嫁に捨てられるところで、すごくいい顔するんだよねWT。他の部分はやる気ないけどさ」

後ろに並んでいる名越さんのお母さんと娘さんのうちの、娘さんの方が母親に話しかけている。WTというのは、モニターのプログラムの再現ドラマに出ている俳優の名前だ。主人公と言えるあれの作者の役をやっている。

「あれの作者のドラマ、十代と二十代と三十代と四十代でぜんぜん仕様違うコスプレをWTにさせてるんだけど、運営めっちゃ考えてるよね。全部イメージカラーが違うから揃えたくなるように」

聞こえるのはほとんど娘さんの声で、お母さんが何を話しているのかはよくわからない。二人とも身なりは普通より少し良い感じで、娘さんは三十代半ば、お母さんは六十代半ばという感じの親子だった。

「まあ、私はWT推しじゃないからどうでもいいんだけど。友達にいてさ。行列並ぶの大変だから、グッズ買ってきてって。Dちゃんだよ」

お母さんが、やっと何かもごもご言うのが聞こえる。そうそうそうそう、と娘さんは大きくうなずく。

「あの人体力なくてさ。通販しようにも即完売だからね。このぐらいしか買えないけど買ってきてっていわれてるんだけど」私はその『このぐらい』が気になって少しだけ振り向いて娘さんの手振りを確認してみる。指を二本立てていたのだが、二千円か二万円か、はたまた二百円かはよくわからない。「こんなのさ、意味ないよね。WTちょっと勢いないらしいのにさ。前の主演がコケて。興収がこのぐらいしか制作費を上回らなかったんだって。恥だよね」

娘さんの口調は驚くほど世慣れている。何でも詳しい人は詳しいなあと思う。いかに自分が何も考えず、なんとなく行列に並んでしまったかが思い起こされて少し気後れする。モニターではちょうど再現ドラマをやっていたので、後ろの娘さんが言う通りか目を凝らして見てみるのだが、悲しいかな、私には俳優の演技がうまいかへたかがよくわからない。

行列はそれから少し進んで、医療テントの前に差し掛かる。私は、先ほどの列ジャンプの家族のことを思いだして憂鬱な気分になり、また顔を上げてモニターを見る。プログラムには、仕方のないことなのかもしれないが、ときどきグッズの紹介が入る。初老の男性アナウンサーが落ち着いた口調で、行列のところどころに設置されたグッズ売場で売られている商品について語るのを眺めていると、だんだん欲しくなってくる。とりあえず、クリアファイルは買おうと思う。なんだかすごくいい技術で印刷されていて、高精細にあれが再現されているらしい。私は別に誰かに頼まれたわけではないけれども、友達へのおみやげにいくつか買って帰ろうと思う。

長い医療テントは、けっこういつまでも隣にあって、列ジャンプの家族とどうしても頭の中で関連づけられてどんよりした気分が抜けないので、私はますますモニターの初老の男性アナウンサーの語りに注意を傾けようとする。もはやその男性アナウンサーが好きになってくる。私は携帯でその男性アナウンサーについて検索を始め、医療テントを完全に通過するまではそちらに集中していようと決める。

そして医療テントが終わる頃には、家に帰ってその男性アナウンサーが司会をしているという囲碁の番組をゆっくり観たくなった。いちばん力を入れてやっているのがその仕事らしく、発言が入り込みすぎでおもしろい、とのことだった。番組の録画などはネットには上がっていなかったが、発言集はまとめられていた。

そして気が付いたら、医療テントは通過していた。私はその男性アナウンサーに感謝しながら、次第に近付いてくるグッズ売場の佇《たたず》まいに緊張を感じるようになった。「なにを買おうか」は決まっていても、「何個買おうか」は決まっていないし、買いたいだけの在庫があるのか、と考え始めると、もうグッズ売場は消えてくれないだろうかという気分になった。

「カード使えるよね？　お母さんの使うね」

娘さんの頼みに、お母さんはまたもごもごと何か言っていた。私は暇に任せて耳を澄ましてみたのだが、給料は二十六日だからその時に！　という娘さんの声にかき消された。

グッズ売場は、列に並びながら物色するという形式で、列の動かなさ加減から考えるとそれほど厳しくはないのだが、ゆるやかな時間制限のようなものがあった。私は、なんとか欲しい分だけのクリアファイルが売られていることに安心してかごに放り込んだ後、トートバッグ、Tシャツ、タオルマフラー、タペストリー、ポーチ、フィギュア、ジオラマ、といった多岐にわたるグッズを見回し、すぐに目を逸《そ》らした。欲しいのはやまやまだけれども、先立つものがない、というか、際限なくお金を使ってしまいそうなのでなかったことにしたかった。

私が買いたい物だけを買ってさっさと列に戻った一方で、後ろの親子は列が動くぎりぎりまでグッズ売場にいて、どんどんかごに放り込んでいた。少し遠くからなので詳しいことはわからないけれども、Tシャツやタオルのような大きいものではなくて、比較的小さいものやブルーレイディスクを大量に買っているのが目立った。

列が動き始めると、後ろの親子はスーツケースをごろごろしながら列に戻ってきた。中に入りきらなかったのか、肩からは大仰な紙袋を下げている。あまりにいろいろ買っている様子だったので、私は思わず、すごいですね！ と感心した声をあげてしまった。

「いやすごくないですよ、もっと買う人は買うし」娘さんは、肩をすくめて大きな紙袋に視線を遣る。「交換に出したり売却する物もあるしね」

「へえ」

「物によっては高く売れるのもあるんですよ。カスはカスだけど」

『カス』と言う時に目を眇めて口元を歪める娘さんの顔が、あまりにも世の中のことを全部知っているかのように見えたので、私はひるんだけれども、すぐに元に戻ったので、気のせいだと思うことにした。

「自分はあれを見れるんだーってだけでグッズのこととかまったく考えてなかったです」

「へえ。せっかく並ぶのに？　限定品いっぱいだからすごく取り引きできてお得ですよ。みんな十二時間も行列に並ぶってなると、あれが見たい人じゃないと後込《しりご》みするみたいで、需要はすごくあるんですよ」

「そうなんですか。予算がないなあ……」

「えー、現金なくてもカードあるでしょうよ」

娘さんは、何をおっしゃるやらという様子で笑う。ふと気になったのでそのお母さんの方を見やると、お母さんは表情を消し去った顔付きでうつむいている。

「これがね、この映像、上映会やるんですよ、来月」娘さんは、モニターを指差しながら説明する。俳優のWTが大映しになっている。「それにWTが舞台挨拶に来るんですよね。で、売場で買えるディスクには、その時の握手券が封入されてるんです。ディスクの一般販売は、上映会の後だから、この列で手に入れておかないとWTには会えないんですよね」

「そうなんですか」

そう言われると、私もべつにWTが嫌いなわけではないので、記念に手に入れておかないといけない気になるのだが、予算がない上、この行列を並び終わった後にWTの舞台挨拶のことを覚えている自信もなかったので、やっぱりいいかという気もしてくる。

「その握手券入りのディスク、いくらで売れると思います?」

「いくらなんですか?」

私がたずねると、娘さんは含み笑いながら売買を取り扱っていると思われるサイトを携帯に表示させて私に見せてくれる。とりあえず、おお……、と声を上げる程度の額ではあった。ただ、この娘さんがどれだけディスクを買ったのかはわからないけれども、この転売のために興味のない行列に十二時間並ぶのはしんどい額でもあった。

「ね？」

「そうですね」

けれども、娘さんがうれしそうなので私もとりあえず同意する。世の中には抜け目がないことをライフワークにしている人もいるんだなあと思うことにする。

そうやってモニターを眺めたり、名越さんの娘さんと話したりしているうちに、行列は六時間を経過し、事実上半分が終わったことになった。六時間の地点になると、売り子がやってきて「半分まで来ましたー！　おめでとうございまーす！」という掛け声をあげながら、小さな趣味のいい瓶に入ったスパークリングワインと、子供向けには風味付けした炭酸飲料を売り始めた。瓶にはあれを模した凝ったエンブレムが刻印されていて、グッズとしては良いように思える。価格は、出せると出せないのギリギリのラインをついている感じで、あれの行列に並んだ記念という付加価値もあって、飛ぶように売れていた。名越さんの娘さんは、乾杯しましょうよ！　と言いながら、自分と母親の分と保存用三本と取引用五本の計十本を購入し、私が迷っていると一本追加して寄越してくれた。

「かんぱーい！　列の半分かんぱーい！」

みんな瓶を掲げて口々に列の半分を祝う。確かに、六時間も並んだというのはすごいといえばすごいことなので、私もだんだんその気になってきて、名越さん親子を始め、前の池内さん夫妻やその前の家族、名越さんの後ろの男性などと瓶を突き合わせた。名越さん親子の後ろの男性だけは、下戸なのか予算がないのか、ディスペンサーの緑茶を掲げていた。乾杯が終わった後の喧噪の中で、池内さんの奥さんの方が「緑茶ですって」と言っているのだけが聞こえた。

列の半分が過ぎてから、一時間ぐらいはそんな感じでお祭っぽかったけれども、そこから行列はけっこうな騒音に包まれることになった。建設工事のような、何かを解体する音、打ち付ける音、ドリルの音などが重奏して、お互いの話す声もあいまいになるほど大きな音が四方八方から聞こえた。何事かと公式サイトを開こうとすると、モニターで囲碁の好きな男性アナウンサーが、「あれを鑑賞する環境を最良のものにするために、会期中ではありますが改修工事に踏み切ることにいたしました。まことにご迷惑をおかけいたします」と頭を下げているのが見えた。てっぺんが少し薄くなっていた。

携帯を見ると、電波状態を示すアイコンの横に×が出ていた。私は、工事の音がある上に携帯の電波状態が悪くなったため、近くの人と話もできなければネットもできない、という、ある種の精神的な漂流状態に行列の人々が置かれたことを知覚した。仕方なく、男性アナウンサーがずっと字幕付きであやまっているモニターを見ると、謝罪映像のサイクルの間の広告で、行列限定のキャラクターがもらえるというゲームのダウンロード用の端末がこの先に設置されているということを知った。ここ電波入らないけど大丈夫なの？　と私が思った瞬間、問題ありません、とモニターに字幕が流れた。端末はBluetooth経由で携帯にゲームを配布するので問題はないという。オフラインでできる暇つぶしがないことはなかったけれども、せっかくなので私はその端末の所まで列が進むのを待つことにした。

端末はすぐにやってきて、ゲームは簡単にダウンロードできた。この先にも何台も設置されているらしい。もともとそのゲームをやっていたという後ろの娘さんは、あ、このキャラめっちゃ性能いい、得した、と行列に並んだ人にデータが配られるキャラクターを確認しながら言っていた。キャラクターはあれに登場する人物の一人で、娘さんによると、他にも何人か行列の端末限定のキャラクターがいるのだが、それをもらうにはゲーム内での宝石を使って抽選に当たらなければならないようだ。宝石はお金を払って購入するらしい。娘さんは、とりあえず手持ちを全部使って、それで全員揃えられなければ、次の端末で宝石を買うという。宝石の最小ロットの値段は、娘さんがすぐに売るというディスク三枚分の利益に相当する。

後ろの娘さんと話をするようになってから、お金の話ばかりしてるなと思い始めた。娘さんは、この行列に発生するお金の行き来にものすごく聡いけれども、同時に消費も厭《いと》わないようだ。娘さんが「〜が得」とか「〜すると利益が出る」という話はするけれども、「〜が好きで」購入するという話をしないことも特徴的だと思った。

騒音の中で、私もゲームを始めた。売り子たちがやってきて、ゲームにどうしてもなじみがない人たちのために、耳栓やあれの説明の音声やあれにまつわるクラシックの曲が入っているというカードサイズの筐体《きょうたい》を売り始めた。筐体は強力なノイズキャンセリングイヤホン付きらしい。池内さん夫妻は二人ともそれを購入して聴いていた。

ゲームはおもしろいし、行列の端末がくれたキャラクターも強くて楽しかったのだが、特にゲームをする習慣がない人間としては、熱中してやっているのは二時間が限界だった。携帯のバッテリーもどんどんなくなっていくので、グッズだしと自分に言い聞かせながら仕方なくモバイルバッテリーを売り子から買った。ここへ来てなんとなく気付いたのだが、グッズ売場では純粋にグッズを売り、行列の周囲をうろうろする売り子たちは、行列の環境のその場その場で必要になりそうなものを売るという形で、売り物を分けているのだ。グッズ売場では、行列の売り子が売らない「そこでしか買えない」ものを売り、行列の売り子は「そこで必要なもの」を何度も何度も訴求しながら売る。あれが無料で見れるなんて、と私は何度も言ったけれども、あれを見るための行列には消費がつきまとっている。

あれは無料だとしても、この行列で過ごすこと自体はすごくお金がかかることなのではないか、と思い始めた矢先に、行列の折れ曲がるところに、荷台全面にあれを描いたトラックがやってきて、中から降りてきた係員たちがお弁当を配り始めた。工事の音は相変わらずうるさかったが、待ちに待った無料のお弁当だということで、行列はかなり気を取り直したような雰囲気になった。並んでいる人たちの声が聞こえにくいので、本当のところはどうかわからなかったが。

あれのさまざまな要素を食べ物として再現した、というお弁当はとにかくきれいだった。きれいだったとしか言いようがない。べつにおいしくなかったからだ。おいしくなくても、無料できれいなお弁当が手に入るならそれでいいだろうという気もした。食べ終わって、おいしくはなかったな、とひとしきり考えた後、とりあえず弁当がおいしくなかったことによって心に空いた隙間を埋めるために、食べていない状態のお弁当を撮影した画像をアップロードしようとして、ここの電波状態に×がついていることを思い出した。

せめて弁当の見た目がきれいだったことぐらいは行列の外の人に認めてほしいんだけど……とがっかりしていると、また売り子が周辺をうろつきだして、今度はポケットＷｉ‐Ｆｉの機器を売り始めた。機器にはあれの作者のサインがプリントされていて、グッズ扱いになっているらしい。私はついふらふらとそれを購入することを検討してしまったのだが、財布の中を見ると帰りの交通費を除くと数千円というところまで手持ちが減っていたので、購入は控えることにする。カード、という後ろの娘さんの言葉が頭をよぎったのだが、とにかくこの行列にはクレジットカードを出すために並んでいるわけではない、と自分に言い聞かせて財布を閉じ、バッグの奥深くにしまった。

ちょっと、カード使えないってどういうこと⁉　という娘さんの声が聞こえてきた。いつのまにか騒音はかなりましになっていた。

「何かのまちがいじゃない？　もう一回通してくれる？」
娘さんの要求に応じて、ポケットＷｉ‐Ｆｉの機器の売り子がカードをスキャンすると、やはり拒否するようなピーという音が聞こえた。どういうこと!?　と娘さんは叫ぶように言った。売り子が何か見かねたように、あの、あと一時間進んだら電波の状態は元に戻りますんで、お待ちになられては、と言うと、どういうこと!?　とまた娘さんは言った。お母さんの様子を確認したいと思ったけれども、なんだか怖くて振り向けなかった。

十時間の地点まで来たところで、係員がやってきて、「えー、あれの作者の息子によるあれの模写も来日しております、あれの前は込み合っておりまして、このように長い行列を作っていただいてはいるのですが、あれの作者の息子によるあれの模写の前は比較的混雑しておりません、あれは見ることができませんが、あれの作者の息子によるあれの模写と、その他のあれにまつわる何かを見たいという方も受け付けております、そういった方はおられませんでしょうか？」と長い文言を連呼し始めた。要はあれを見ずに、他のものだけを見るルートがあるという話なのだろうけれども、行列の人々は、間違いなくあれを見るために並んでいるので、そんな人いないだろうと私は決め付けて黙っていた。実際、見える範囲では誰も手を挙げたり係員に声をかけたりしている様子はなかったのだが、池内さん夫妻は、旦那さんが奥さんにひそひそと話しかけていた。

やがて池内さんの旦那さんが、列の周りをうろうろして文言を繰り返している係員に向かって、すみません、と声をあげた。

「私どもです」

「了解しました。じゃあ専用のルートがありますのでこちらへ」

そこまで係員が言ったところで、池内さん夫妻の前に並んでいた家族連れの父親が、ええっと驚いたような大声をあげた。

「ちょっと待ってよ！」家族連れの父親は、池内さん夫妻と係員と行列の果てを見比べながら言った。「え、あんた、もしかしてズルしようとしてない？」

池内さん夫妻は、なにをおっしゃるやら、というようなやんごとない困った表情で顔を見合わせ、いいえ、と小さな声で答えたのだが、家族連れの父親の抗議は止まらなかった。

「最初に話してたじゃない。俺は高慢ちきな夫婦だなと思ってすぐに話すのやめちゃったけどさ」池内さん夫妻は私とは話すけれども、前の人たちとは話さないな、という疑問は常に小さくあったのだが、一応話してたんだな、と私は思う。「こういう列ジャンプの方法があるって俺話したよね？　とにかく息子の模写のある側の会場の中に入って、係員に〈シャワートイレがある方のお手洗いをお借りしていいですか？〉って訊いて案内してもらって、そこから出て左に曲がって仕切のロープをまたいだらあれを見た直後の順路に出るから、そこからしれっと逆行したらあれが見れるっていう。係員なんかみんなバイトでザルだから気付かないし、気付いてても注意しないって。列整備なんかほんとはどうでもよくて、物を売りつけられたらいいんだから」

私たちの付近の行列が、静かにざわめき始めた。

「俺ここの設営した会社の下請けの人間だから知ってるんだけど。そういうの良くないよねって話したじゃない。あんたやる気でしょ？」

家族連れの父親の話に、池内さん夫妻の夫は、違う、と緊張した面持ちで答える。

「昔あれを見てさ、人生で二度目に見るのを楽しみにしてるってあんたたち自慢してたじゃん。一度目以上の感動があるに違いないって。奥さんの方は外国でも見たから三度目だって。見ればば見るほど感動は倍になるから、今回でやっと一倍目のあんたたちはちょっとかわいそうだとか言ってたじゃん。俺それでもう話すのやめようと思ったんだけどさ。な？」

家族連れの父親が、奥さんと思われる人に同意を求めると、奥さんはゆっくりとうなずく。

「そんな人がさ、この機会を逃すわけないだろ？」

「今回は諦めて、また並ぶんだ」

「また手間かけるの？　金はあるからリタイア後のほうが忙しいって言ってたじゃん」

「君みたいなあくせくした立場じゃ時間があることなんて想像できないだろうがな」

池内さんの旦那さんが反論を始め、言い合いの様相を呈し始めた状況に、係員はただおろおろしている。そりゃバイトだろうと思う。顔付きは大学生どころか、高校生ぐらいに見える。

「時間があるんなら今並べばいいじゃん」

「君みたいな人間に指図される筋合いはない」

いつの間にか、自分の背中がぐっしょり濡れているのがわかった。手足の爪先も冷えている。私が言い争いに参加しているわけではないのだが、急速に気が滅入ってきた。これまで塵のように積もってきた行列への不信や不満の蓋が、彼らのやりとりに立ち会うことで突然開いたような気がした。

ピン、という音が後ろからしたので振り返ると、名越さんの娘さんの方が携帯で動画を撮り始めていた。

「みたいなってなんだよ！」

「方法を知ってて行使しないのは愚かなんだよ」

「おいじいさん失礼なこと言うなよ！」

家族連れの父親が、おそらく最大まで大きな声を上げながら、池内さんの旦那さんの肩を少し強めに小突いた。係員はやっとジャンパーのポケットから携帯を取り出し、どこかに連絡を始めた。

「俺は卑怯なことを子供の前でしたくないだけなんだ！」

「貧乏人が」

別の係員たちがわらわらと駆け寄ってきて、家族連れの父親と池内さんの旦那さんを引き離そうと体に手を掛ける。家族連れの奥さんの方は、まだ何事か言おうとする父親に、もうやめて！　と話しかけている。池内さんの奥さんは、まったくの無表情でその場に突っ立っている。私は動悸がしてくる。間違いなく、こんなものを見るために行列に並んだんじゃない、と思う。

家族連れの父親は、六人ほどがかりで行列から引き離される。もういい、落ち着いたから！と訴えるけれども、係員たちは加減も頃合いもわからない様子で、しっかりと父親をつかんでいる。子供が泣き始めた。以前列ジャンプをしていた別の家族連れの子供のような、えーん、えーん、という泣き方ではない、悲しみと怒りとやりきれなさで混沌とした泣き声だった。

家族連れの父親をつかんでいない別の係員が、池内さんの奥さんの方に、それで、息子の模写の方に行かれますか？　と話しかけた。奥さんは、夫が騒動に巻き込まれている最中とまったく同じ顔付きで、気が変わりましたのよ、と答えた。

私は、自分でも何だかよくわからなかったのだが、のろのろと回れ右をし、列から出て歩き始めた。もうどんな言い訳をしても、元いた場所には戻れないだろうというところまで離れると、私は走り出した。私の後ろに並んでいた人たちが、次々と不思議そうに私を見やったけれども、それはほんの一瞬のことで、すぐに並ぶという行為に戻った。

十時間近くいた行列は、早足で傍らを逆行すると三十分ぐらいで最後尾まで戻れてしまった。景観エリアの混雑は、私が通ったときほどではなくなっていて、少し眺めて帰るという手もあったかもしれないが、もう行列に関わりたくないという気持ちの方が強くなっていたため素通りした。

行列最後尾のシャトルバス乗り場まで戻ると、あれを見終わった人々が、だいたいは疲れ切った顔をしてそれぞれに帰る駅への発着所へと向かっていた。あれを見た帰りだ、ということを知らなければ、仕事の帰りだと言われても気付かないかもしれない。ただ、それぞれが手に持ったあれのグッズの袋だけが、あれを見てきたということを証明しているようだった。

自分が帰る駅に向かうバスに乗り込み、自分の親より少し上ぐらいに見える老婦人が窓際に着席している横に座る。見たところ結構な年なのに一人で並ぶのは大変だっただろうな、と思いながら、私はシートに背中を預けて、ベルトを巻く。

バスが走り出す。駅までは四十分ぐらいだ。老婦人はずっと窓の外を見ている。周囲は工場と緑地が入り交じったような味気ない地域だったけれども、老婦人は飽きない様子で外を眺めている。私が行列にいる間、どうも雨が降ったようで、空には虹が架かっていた。婦人はそれを熱心に見上げている。私も、なんだかただ行列で疲れて帰ってきてしまったというのが悲しくてじっと見てしまう。断片ではなくアーチとしてちゃんと見える、けっこう大きな虹だった。

「きれいですね」

「そうですね」

私の呟きに、老婦人はゆっくりとうなずいてくれたので、少しだけ気分が良くなったのだが、この人はあれを見た帰りで、自分は挫折したのだなと思うと、また悲しい気分になる。

「おひとりで並ばれたんですか？」

そう尋ねると、そうですね、と老婦人はうなずく。大変だったんじゃないですか？ と続けると、そうですね、厳しかったけれども、時間はあったし、椅子も持って行ったし、あれを五十五年前に見たのは夫との大事な思い出だったんで、と老婦人は言う。

「二人とも十九歳でした。働き始めて一年目の年で。また見たいねとずっと言い合ってたんですけど、本国には見に行けないまま、夫が去年亡くなってしまったので」

老婦人はそう言い終わって、見えなくなった虹を探すようにまた窓の外を眺める。

「あれは良かったですか？ 私は行列に並ぶのに疲れてしまって、途中で出てきてしまったんです」

そう打ち明けると、それは、お疲れさまでした、あんなに長い時間だと、そりゃいろんなことがありますもんね、と老婦人は言う。

「本当にいろいろあったんですよ。でも皆さんちゃんと並んであれを見て帰ってらっしゃるじゃないですか。それを見ているとだんだん情けなくなってきて。せっかくあれが来たのに。次の機会にまた見れるかどうか」

改めて外国に見に行くお金も時間もないし、などと私が言い募る間、老婦人は黙ってうなずいていた。

「あれはすばらしかったですよ。本当にすばらしかったですけれども、もっと苦労せずに見られて、同じぐらい良いものもありますよ」

そう言って老婦人は、私がどこから来たのかをたずねてきたので、それに答えると、中心部のターミナル駅からだいたい二時間以内で行ける場所で、良い風景が見られるところをいくつか教えてくれた。私はそれを携帯にメモして、連休の最後の二日前に空いている日があるから一人で行ってみようと決める。

このあたりには来たことがなかったから、今日は駅の近くに一泊して、明日少し観光をして帰ります、と老婦人は言った。私は、このバスが向かっている駅の周辺のことはよく知っているので、何にもないところですよ、と言うと、べつにいいんです、私には知らない場所なんで、目新しいことばかりですから、と老婦人は答えた。

「駅ビルの地下一階に、おいしいお蕎麦の店があるって友達から聞きました」

私はその名前を教えてもらい、毎日と言っていいぐらい前を通るけれども、一度も入ったことのない店であることに気が付いた。

「知りませんでした」

私は老婦人に言った。そして、自分に対して確認するように、知らなかった、と呟いた。

河川敷のガゼル

私の住んでいるP市Q町のC川の河川敷でガゼルが発見された、という記事をネットで読んでから一週間ほどが経過して、役所の自然保護課なる部署が、ガゼルの暫定的な生活地域を囲っている柵の周囲を歩哨《ほしょう》する警備員を募集し始めた。大学を休学していた私は、時給千円で一日八時間勤務、基本的に一人での仕事、という概要につられて、募集に応じて面接を受けに行った。

簡単なこれまでの職歴や、なぜ大学を休学しているのかだとかについて答えたあと、ガゼルは好きですか？ と尋ねられた。私は、好きです、と答えた。では、ものすごく好きですか？とさらに尋ねられて、私は、ものすごくというわけではありません、と正直に答えた。思えばあの時、ものすごく、と答えていたら、私は警備員には採用されなかったかもしれない。誰と話し合ったわけでも、その面接官自身からきいたわけでもないけれども、そんな気がするのだ。

私は、平日の十三時から二十一時の勤務時間帯で採用された。私が常に一人で見張るというわけではなく、町の自然保護課の人も、何人か観察や世話などで入れ替わり立ち替わり来ていたので、自分一人がしくじったらガゼルの身に町が望まないことが起こる、というプレッシャーは少なかった。双眼鏡を与えられたが、だいたいは目視でガゼルの様子を確認しながら、柵を乗り越えたり、反対に柵を乗り越えて侵入しようとする者が現れないように、見張り続けた。

ガゼルは、私たちの生活の中に現れる動物としては非常に珍しい、というかありえない、かつ美しい部類のものだったので、河川敷にガゼルが現れたことが記事になってからは、多くの人々が柵の周囲にやってきては、ガゼルの写真を撮ったり、ただ見つめたり、声をかけたりするようになった。ガゼルはとてもおとなしく、そして悠々としていたのだが、自分の領域が侵されそうになるという状況に対しては非常に過敏でストレスを感じているとのことだったので、私は、自然保護課の人々から、柵を乗り越えようとする人と、過度な声援は注意してほしい、と指示された。

柵の向こうのガゼルを見たい人々は、多かれ少なかれ引きも切らなかったが、私が担当している平日の昼間は、仕事をリタイアしたと思われる年齢の男女や、母親と子供の親子などが多く、私が手に負えないと感じることはまったくなかった。皆、穏やかにガゼルを見守っていた。

九月のまだ暑い時期であったので、自然保護課は最初、柵の周囲からガゼルを見守っている人々に対して冷たい麦茶を出していた。私もそれを配り歩くのを手伝った。そのうち役所では、自動販売機を設置したらよいのではないかという案が出始めた。三割の賛成と七割の反対で、町が商売っけを出すことは見送られた。ガゼルが現れてまだ一か月も経過していないのだ。たとえばガゼルが一年後もその河川敷にいる可能性は限りなく低いと思われたし、町で飼うのか、それともどこかの動物園に引き取ってもらうのか、その処遇もまったく決まっていなかった。そもそもガゼルの身の振り方について、町が決めてよいものかどうかもまだわからなかった。

とにかくガゼルはそこにいて、その移動範囲を考慮した川沿いの広域にわたって簡易な柵が設営され、周囲を人々が訪れて、ガゼルを見物していく、という日々が始まり、私はそこで働いていた。簡単というと語弊があったが、難しい仕事ではなかった。

＊

その女性は、河川敷にガゼルが現れたという記事が出た当初から、週に三度ほどの頻度で柵の周辺にやってきていた。いつも携帯か一眼を構えていて、ガゼルの写真や動画を常に撮影していた。彼女が来るようになって十日ほどが経過したのち、私は一緒に柵の補強の作業をしていた職員さんから、彼女は自然保護課の課長の知り合いで、趣味でSNSにガゼルの写真や動画をさかんにアップロードしている人なのだと聞かされた。河川敷のガゼルの様子が気になる人々は、日本全国に着実に増え始めていて、彼女のSNSのフォロワーや閲覧者も日に日に倍増しているという話だった。職業は、フリーランスのデザイナーなのだという。だから昼間でもガゼルを見にやってきて、撮影していけるのだった。自分より年上の女性の年齢は、あまりよくわからないのだが、三十代後半から四十代のどこかというぐらいに見えた。いつもきちんと化粧をしていて、服装も立ち居振る舞いもさっそうとしていた。ガゼルの日々の様子について、べつの訪問者に写真の撮り方やら何やらレクチャーしていることもあったし、私と職員さんの柵の補強作業を手伝ってくれようとすることもあった。

働き始めてしばらくが経過した私はというと、とにかくこの仕事のぼんやりした感じは自分に向いているから、もう大学には戻らず、ずっとこの仕事をしていたい、だからガゼルにはどこにも行ってほしくない、と思い始めていた。もはや、授業も論文も就職活動も自分の人生から排除してしまって、ただガゼルを囲う柵の傍らで一生働く、ということを夢想しながら、私は日々柵の周りを歩哨していた。

ガゼルが私に親しみを感じているのかもしれない、と指摘したのは彼女だった。私はガゼルを好きだったが、ものすごく好きだというわけではなかったので、ガゼルが自分をどう思っているのかについては大して考えていなかったため、意外だった。

「ガゼルは警備員さんが歩く方向に歩いていくときがけっこうあるのよ」

「そうなんですか」

女性は、携帯用の伸び縮みするコップに、家から淹れてきたという紅茶を注いで、私に渡してくれながらそう言った。紅茶は熱すぎず、冷めてもおらず、おいしかった。バラの香りがした。

「だから私、ここへ来たら必ず警備員さんをいったん探すのね。そしたらガゼルの居所がすぐにわかるから」

動く標識のようなものなのだろう。私は、人の役に立っているという実感を長らく感じていなかったので、お世辞や思い込みであっても、そんなふうに評されるとうれしかった。

女性から、私の勤務時間帯を尋ねられたので、平日の十三時から二十一時です、と答えた。女性は、わかりました、と携帯のアプリにメモをして、ガゼルと私が同じフレームに入った写真を撮ってくれようとしたが、私は写真が苦手なので、丁重にお断りした。

女性はその後、一時間ほど写真と動画を撮り、私以外の柵の内外にいる職員さんたちと話し込んでいた。私には女性が、実はQ町とは無関係な場所からやってきた、Q町から特に給与が支払われているわけでもない人物だというようにはどうにも思えなかった。彼女のガゼルへの情熱と比べると、私のガゼルへの、好きだけどものすごくというわけでもない、という気持ちは中途半端なものに思えた。彼女の方がよほど、ガゼルに対して「通」だという感じがした。

実際私は、町がガゼルの名前をウェブで公募し始めたという話を、彼女から教えてもらった。すでに「ガゼッタ」と「ガルゼ」と「Qちゃん」という応募が多数なので、そのうちのどれかに決まるだろう、とのことで、彼女はそこまで私に話したあと、あっと口に手を当てて、これ内密な話だったんだ、と言って、私に口止めを頼んできた。私はSNSはやっていなかったし、ガゼルの話をする相手もいなかったので、誰にも言いませんよ、と請け合った。どこでそんな話を聞いてきたのだろう、と疑問に感じたのだけれど、おそらく、自然保護課の課長から聞いたのだろうと思い直した。

どれも気が進まないけど、とにかくそのどれかになりそうなのよね、と女性は不満げに言った。私は、Qちゃんがいいんじゃないのかと思ったが、女性の機嫌を損ねないために口にはしなかった。

ガゼルを見に来る人々は、彼女のほかにもたくさんいたけれども、私が顔や背格好を覚えているのは、彼女とほかにもう一人、小学校高学年かせいぜい中学一年というぐらいの年齢の少年だけだった。彼は、足しげくというわけではないのだが、三週間に一度ぐらいの頻度でやってきては、長いこと、それこそ私の勤務時間の最初から最後まで、朝番の同僚によると早朝から、柵に寄り添って一日中過ごすのだった。

彼がガゼルを「ものすごく好き」であることは、ガゼルをじっと見つめる、夢見るようなまなざしを一目見ればわかることだったが、それ以上に私がそのことを実感したのは、彼がガゼルに何らかの呼びかけをしようと柵から身を乗り出し、口元に手を当てて、しかしいつも何も言わずじまいに終わることだった。

何かを言いたい、でも、何を言ったらいいかわからないし、ガゼルが呼びかけを望んでいるかどうかは、ガゼルの姿を見れば見るほど不確かになる。彼の様子からは、そういった逡巡が伝わってきた。

彼が写真を撮ったりしてガゼルについての何かを記録しているところを、私は一度も見かけなかった。朝の時間帯に働いている同僚にたずねてみても、彼はただ、柵の傍で静かに過ごしているだけだという。時折、図鑑のようなものや本を読んでいる。一度職員さんが、町のウェブサイトのブログ欄に掲載するために、ガゼルと同じフレームに入った写真を撮影しないか、と打診したのだが、彼は頑なに、はい、とは言わなかった。彼は、ガゼルを見つめながら、どこかでガゼルにその存在を知られたくないと考えているように思えた。

ガゼルに関する記録は一切おこなわない彼だが、柵の周囲で配布した町が月刊で発行している広報誌は二部欲しがった。見開きA3の大きさで、ガゼルを撮影した写真が載っていたからなのではないかと思う。閲覧用と保存用だ。要請されたとおり二部を渡すと、彼はそれをリュックの中には入れずに、ずっと手で持っていた。おそらく、別の荷物と一緒にすると、変な折り目がついたりするからだろうと思われた。クリアファイルを渡してあげたかったが、あいにくそんなものは支給されていなかったので、私は彼が、おそらく手汗の影響から守るために何度も右手と左手で広報誌を持ち替える様子をぼんやりと眺めるしかなかった。

彼はその日、そのまま広報誌二部を裸の状態で持ち帰っていった。彼がどのぐらいの距離を越えてガゼルを見に来ているのかはわからないが、とにかくよい保存状態で広報誌を持って帰ることができればいいと私は思った。

*

世界中で紛争は起こっていたし、世間には様々な事件もあったが、そのような中、Q町のガゼルはテレビの取材を受けることになった。といっても、ガゼル自身が取材を受けるということを理解するはずもないので、正確に言うと、承諾したのはQ町の自然保護課の課長だった。ガゼルが日本の動物園でない場所に現れるのは相当珍しい、ということなのか、やってきたのはいきなり全国ネットの夕方のニュースショーの取材班だった。職員さんは私に、あなたも何か話を聞かれるかもしれないよ、と言っていたのだが、そんなことはまったくなかった。取材を受けていたのは、自然保護課の課長と、SNSで写真や動画を発表しているあの女性だった。私と数か月働くうちに少しずつ打ち解けてきたその職員さんは、その様子を近くで見守り、後で話の種にした。

私自身の話をするのは気が進まないながら打ち明けるのだけれども、ガゼルを囲む柵の周囲の歩哨というこの仕事を始めることによって、役所の職員さんと話すようになったのは、意外な収穫だった。職員さんと私は、二十歳年齢が離れていて、普通なら知り合うこともない同士だと思うのだが、お互いに外の仕事で話し相手を求めていたのか、とにかくガゼル自身やガゼルを取り巻く人の出入りについて、少しずつ話すようになっていた。学校には気の合う人がいないし、就職活動もしたくないけれども、こんなふうに最初から理解し合うことを諦めている、お互いに立ち入らないですむ人間関係の中に入るのであれば、仕事を持つのは悪くないことであるように思えた。

課長、なんかもっと笑えばいいのにね、あんなふうに、べつに求めてないけどガゼルが来たから世話してやるし、でもその恩恵は被りたいみたいなのって、これ見よがしに舞い上がってないっていうのを主張するみたいで逆にかっこわるいよ、みなさん見に来てください！　でいいのにさ、と職員さんは言った。

本当のところQ町は、ガゼルが河川敷に来たことで、この数か月舞い上がりっぱなしと言ってよかった。ガゼルを町で保護し続けて、その見物人を呼び込み、町のキャラクターとして利用する気でいた。ガゼルを河川敷で養う費用を考えると、それも当然といえる話ではある。しばらくしたら、ガゼルが苦手と思われる日本の冬が来るのだが、その処遇については不透明なままだった。

連日ガゼルの写真や動画を撮影している女性のテレビカメラの前の態度は、そつがなかったと思う。ファンというよりは記録者ですね、と自称する女性は、ガゼルを眺めていると、生命の直線的なエネルギーにふれているようで気分が良くなる、ということと、日本のQ町の河川敷にガゼルがいるという奇跡を、できるだけの質量で残したい、と話していた。その後、ガゼルの写真や動画を見たい人はここまで、と女性のSNSのアドレスが全国ネットのニュースショーで流れたので、放送の直後はアクセスが殺到したものと思われる。

あの広報誌を二部持っていった少年が息せききって現れたのは、テレビの取材班が撤収した後のことだった。午後三時を回ったところで、彼が来る時間としては遅い方だった。その日は平日で、学校などはないのだろうかと私は思案したのだけれども、自分自身休学中の身なので、うるさいことは問わないことにした。

けっこうな距離をずっと走ってきたのか、いつまでも柵につかまってガゼルを目と頭で追っている少年を見かねて、私は自分用の水筒を差し出して、べつに口を付けて飲んでくれていいから、と言うと、少年は何度も礼をして、水筒の中身を飲み干してしまった。

さっきまでテレビの取材が来てたんだよ、と言うと、少年は、そうですか、と肩で息をしながら、川べりで草を食んでいるガゼルを見つめていた。町の自然保護課の課長さんと、ツイッターとフェイスブックにたくさん写真や動画をあげている女の人が取材を受けてた、とそのままのことを報告すると、少年はやはり、そうですか、と言っただけだった。

手持ち無沙汰になった私は、町のウェブサイトに、放映日と取材されていた女の人のSNSのアドレスが載ると思う、と報告したけれども、少年はほとんど何も聞いていないというような上の空の顔つきでガゼルをじっと眺めていた。そして、何か言いたげに右手を挙げるのだけれども、やはり何を言ったらよいのかはわからないという様子で手を下ろし、ガゼルにひたすら見入った。

私はその時、彼には大量の情報も記録もいらないのだ、ということをなんとなく悟った。ガゼルと過ごす、さして多くもない時間こそが、彼には大事なものなのだ。私はそれを邪魔しないようにその場を離れた。彼はやはりガゼルを見つめていた。時間を止めてやれないものか、と私は本当に一瞬だけ、そんなくだらないことを考えた。

＊

ガゼルの名前が、投票で「ガルゼ」に決定したのだが、「Qちゃん」を推していた私は、引き続きガゼルのことは「ガゼル」と呼ぶと決意した。

ガゼルの名前の決定後、Q町はさらに、ガゼルをキャラクター化しようと、町の内外のイラストレーターにガゼルをデフォルメしたデザインの募集をかけ始めた。巷でいうゆるキャラというやつだ。そのことを教えてくれたのは、ガゼルの画像と動画の撮影を続けている女性だった。あなたはデザイナーと聞きますが応募するのですか？　と私がたずねると、ガゼルはガゼルっていうだけで美しいから、キャラクターになんかする必要がないし、応募はしない、と女性は肩をすくめた。けれども、課長に頼み込まれたので、審査員の役は引き受けるのだという。

女性は今や、Q町のガゼルをウェブを通して眺めている人々の間では、第一人者といっていい存在だった。全国ネットのニュースショーに出演したのち、他の局の取材も受けるようになり、ガゼルのことはその女性がいちばんよく知っていると認識されている状況になりつつあった。

それから、また平日の昼間に、くだんの少年がやってきたので、これからガゼルをゆるキャラにしようという計画があるそうだよ、と告げると、少年は、そうですか、とまったく興味がなさそうに軽くうなずいて、柵に両手をかけて身を乗り出し、ガゼルを上半身全体で追い始めた。彼は不登校か何かなのだろうか、と私は少しだけ詮索し、いやだから自分自身も不登校みたいなものじゃないかと思い直してやめた。

その日は、運が良かったのか、ガゼルはずっと少年の方に頭を向けていた。見ていたのかどうかはよくわからない。ガゼルの考えていることなど、私たちにはわからない。ただガゼルは、少年か、もしくは少年の背後の風景を、真っ黒な目でじっと見ていた。少年は、逡巡を見せたあげく、右手をゆっくりと挙げて、ガゼルに向かって振った。私は、そんな大きな動作をしたらガゼルはこちらを見てくれなくなるかもしれないよ、と言いそうになったのだが、ガゼルは彼の方を見つめていた。

「きみは行きたいところはないのか？」

少年は、やっとガゼルに対して言いたいことがまとまったようで、そう口にした。

「おれは北海道に行きたい。学校には行きたくない」

そうか、と私は思いながら、地面に座り込み、柵にもたれて三時のおやつの菓子パンの袋を開けた。私は特別に北海道に行きたいというわけでもなかったけれども、決して行きたくないということもないので、彼の叫びが自分の叫びであるような気もした。北海道はともかく、とにかく学校には行きたくなかった。私も、学校と北海道なら、圧倒的に北海道に行きたかった。

少年の声に驚いたのか、不快なものでも感じたのか、ガゼルはすぐに回れ右をして川べりへと向かい、周囲の草を食み始めた。少年はガゼルをじっと見つめていた。そして、ここへ来てくれてありがとう、と大声で言った。ガゼルは彼に一瞥もくれず、より遠い所へと走り去っていった。

＊

Q町が本当にガゼルのことを思うのであれば、いつまでもガゼルを河川敷にいさせるべきではない、という意見の噴出は、遅かれ早かれ予想されていたものだった。少し考えたらわかることだ。ガゼルが現れるということがこれだけ特別視されるというのは、当のガゼルにとって現在の環境は異例中の異例であるということで、それは要するに、居心地のよい環境であるとは決して言えないということを意味していた。

ガゼルの来訪で活気づいていたQ町が、簡単にガゼルを手放すとは思えなかったのだが、そこはみんな大人であるし、ガゼルをいつまでも囲い込もうという姿勢でいるほうが町の評判を下げるという判断のもと、ガゼルを他県の動物園に引き取ってもらうという案が浮上し始めた。ガゼルはすでに、動物のことを気にしている日本人の間ではかなり評判になっていたので、引き取って大切に世話をしたい、という動物園はすぐにいくつも現れた。

Q町は、ガゼルの将来のためにもっとも良い環境を誠心誠意探す、と宣言し、ガゼルを引き取ることになった動物園とは緊密に連携し、その動物園のある市町村とも、ガゼルを通して友好関係を結ぶ、というとても優等生的な態度を選択することになった。

私は、ガゼルが河川敷からいなくなると、アルバイトとはいえ仕事を失うことになるのでとても困るのだが、ガゼルが河川敷にいるのは一時的なことだとはじめから考えているところもあったし、諦めは意外に早くついた。もともと、こんなにらくな、自分に向いている仕事を永遠に続けられるはずもないのだ。人生はそんなにむしの良いものではない。私は知っているはずだ。一生でもっとも楽しい時期だと言われる大学生活で打ちのめされたのだから。一緒にときどき話している職員さんも、まあこれから寒くなるから、ガゼルのためにずっと外で仕事するっていうのもきついし、それでいいのかもね、と言っていた。

ガゼルの引き取り先については、じっくり検討する、ということで、ガゼルが河川敷から離れると決まってからも当分、ガゼルは河川敷で暮らしていて、私も柵の傍で歩哨を続けていた。ガゼルのいなくなる日、私がこの自分にあった仕事から離れなければいけなくなる日に、ぼんやりと思いを馳せながら。

ある日、いつもガゼルの撮影をしているあの女性が、険しい顔つきで私の所にやってきて、クリップボードにはさんだ用紙を見せて、ボールペンを渡してきた。

「警備員さんの考えを聞かせてほしいの」

用紙には、びっしりと人の名前が書かれていた。私は署名を求められているのだった。まだ開始して一週間だったが、ウェブで募ったものも併せて、すでに二千名に達しているという。

「ガゼルのためっていうけれども、動物園に行ってしまうと、ここよりはずいぶん狭いところで世話をされることになるわけでしょう？」

それは確かにそうだった。ガゼルのための河川敷の柵は、約300メートルにわたっているとのことで、それほどまでに大きなスペースを、ガゼルが動物園で与えられるとは考えにくかった。

「端的にそれはかわいそうよね？　それに、ガゼルがここを選んでやってきたということ自体に注目してほしいの。単純に、ガゼルはここを気に入ってるんじゃないかしら？　私はずっとガゼルの様子を見ているけど、何かすごくストレスをためているような所は見かけたことがないのね。だから、ガゼルはここにいたいんじゃないかと思うのよ」

女性は、有無を言わせない口調で話した。言っていることは筋が通っているように思う。

「急激な環境の変化を与えるよりは、ここをガゼルにとって住みやすい場所にすべきじゃないかしら。それにガゼルはこの町の宝よ。ずっと住民の手の届くところにいるべきよ」

私はうなずきながら、女性の話を聞き終わり、すすめられるまま、名前のリストの最後に自分の名前を書き足した。ありがとう、と女性は言った。女性の「住民の」という言葉は、「私の」とも言い換えられるんじゃないかと私はぼんやり思った。女性の落ち着きは、堅く隙のないものだったが、その表皮の下には焦りが見えた。知り合いであるという自然保護課の課長とは、この件が元で決裂したという。ガゼルの行き先は、比較的暖かい九州の南部の動物園や、もっと言うと沖縄になるという可能性もあるとのことだった。Q町からはとても遠い。

女性の話を聞き、自分の名前を書き足すというだけの出来事だったが、私は彼女が去った後、自分がどっと疲れていることに気がついた。女性の必死さが、背中の側からのしかかってくるようだった。

北海道に行きたいが学校に行きたくない少年が現れたのは、それから一時間ほどが過ぎてのことだった。彼だってガゼルには行ってほしくないだろう、と私は考えたので、ガゼルが動物園に引き取られようとしているのだが、それに反対するために、ここで署名を集めている人がいて、と説明すると、少年は、そうですか、と浮かない顔でうなずいた。

「君も名前を書きたいだろうから、明日ここへその人が来たら、用紙を預かっておくよ」

私がそう言うと、少年は、ああ、ああ、と状況を理解しているのかしていないのか、という様子で何度か首を縦に振った。

それよりも彼は、ガゼルが突然駆け出したことに気を取られたようだった。おお！　と少年は柵から身を乗り出して叫び、大きく手を振った。ガゼルは見向きもしなかった。

「走りたかったのか!」

少年は言った。見たままのことを。私は、ガゼルが柵の端まで移動した後、また反対側にダッシュしていく様子をじっと見守った。

「走りたければ走ってくれ!」

少年は、ガゼルに向かって右手を掲げた。自分に与えられた領地の端まで走ったガゼルは、柵に沿ってゆっくりとこちらへやってきた。ついにガゼルは、少年がふれられるほどの距離に近付いてくる気になったのだろうか、と固唾を呑んで見守っていると、突然ガゼルは右向け右をして、また川べりへと歩いていった。

少年はさぞ落胆しているだろう、と私は隣にいる彼の顔を軽く見下ろしてみたのだが、そうでもなかった。走りたいんだな、と少年は呟いた。私は、走りたいんだよ、と彼に聞こえていてもいなくてもいいと思いながら、同じことを言った。ガゼルは悠然と草を食んでいた。

*

署名は最終的に一万名を超えたという。女性は、Q町の人々のおかげでもあるが、やはりSNSでも募ったのが大きかった、と私に説明した。その日は集まった署名を、Q町の町長に渡しに行くという日だった。私の一日の仕事の最初の一時間、つまり、十三時から十四時まで、女性は河川敷にいて、やはりガゼルの画像と動画を撮影していた。本当に、水も漏らすまい、一秒も落とすまいという勢いで。ガゼルのことがものすごく好きなんだな、と私は平たく思った。

女性は、柵の周囲に集まってきていた見物人たちに、自分はガゼルをよそへ行かせないために活動している、と説明して回って、最後の署名をかき集め、それでは行ってきます、と役所へ出かけていった。結局あの少年は、ガゼルを行かせないために名前を書くことはなかったな、と私は思い出して、彼ものすごくガゼルを好きだと認識していたので、不思議に思った。

テレビの取材があった日と同じで、少年は河川敷でのエポックな出来事と常にすれ違うように、その日も遅れて現れた。やはり平日の昼間だったので、まだ学校に行きたくないという気持ちは続いているようだった。学校に行った方がよいのではないか、ということは、私が学校に行っていない分、まったく説得力もなく、告げる権利もない内容だったので、少年がランドセルを背負った状態でやってきても、何も言わなかった。

ガゼルをよそに行かせないで、この河川敷で世話をし続けてくれっていう陳情の署名集めさ、今日で終わりだったんだよ、と私は彼に説明した。彼は、そうなんですね、とちゃんと内容を理解しているのかどうかわからないような口調で答えた。とにかく彼にとって大事なことは、ガゼルのいる方向に頭を向けて視界に入れることで、私の話やその他のことに対してはすべて上の空を貫いている様子だった。私は、彼が署名にどうという反応を見せなかったことに、なぜか少し安心した。

季節の変わり目で、前日と比べて突然気温が下がった日だった。少年以外の人々は、私も含めて、顔を合わせると第一声が「寒くなったね」で、サバンナ出身のガゼルにとっては過酷な気候になりつつあるようだった。確かに、広い領地を提供できるのはQ町だけれども、ガゼルを寒さから守る方法を考えるのはなかなか難しいように思えた。ある一帯に屋根を掛けて、暖房を置いたりすればいいのだろうか。それにしたって費用がかかりそうだ。

その話を、べつに聞いていなくていいやと思いながらも少年にすると、珍しく彼は、川を温泉にするとかどうですかね、とガゼル本体以外についての考えを示した。それは屋根を掛けるよりもお金がかかりそうで、私は笑ってしまった。少年は、温泉に入っているサルをテレビで見て、ガゼルが寒くなってきたらこういうことができればいいな、と思ったのだ、と説明した。川べりの一部を囲って、ほかの水と混ざらないようにして、毎日お湯を注ぎに行けばそれらしいことはできるかもしれない、と私たちは話し合った。

夕方になると、朝「寒くなったね」と話し合っていた時分と同じぐらい気温が下がってきたので、ガゼルを見物する人たちは、早々にいなくなってしまった。少年以外は。帰らないの？とはきけなかった。大きなお世話だったから。

夜の二十時になっても少年は帰らずに、工事用のライトに照らされたガゼルを目で追っていた。私は、まかないの晩ご飯を持って来てくれる職員さんに、少年の分の温かい飲み物や食べ物も持ってきてくれるように頼んだ。費用は、私のアルバイト代から引いてくれていい、と言うと、それはべつにいいよ、と職員さんは言ってくれた。

役所の方では、町長と女性と自然保護課の課長の三者で、ずっと話し合いが行われていると職員さんは言った。そりゃ、一万も署名が集まっちゃったら、無視もできないんじゃないのかな、と職員さんは言った。この町の人口のおよそ四分の一が一万人らしい。私は、自分の住む町の人口が四万人であることを、その時に初めて知った。

柵の傍らに座り込んで食事をしながら、少年は少し話をしてくれた。他県に住んでいるのだが、月の小遣いをやりくりして交通費を捻出し、ガゼルを見に来ていること、今日はどうしても昼休みに耐えられなくなり、そのままこっそり学校を出てきてしまったこと、北海道へ行きたいということ。特に、釧路と紋別に行きたいと彼は言っていた。彼と比べて、私が話すことはほとんどなかったけれども、とりあえず、大学を休学中であることと、この仕事をずっとしていたいのだがそれは叶いそうにない、ということを話した。

ガゼルがよその動物園に引き取られる方向で進んでいる、ということについては、少年は、仕方ない、と言った。そりゃずっと姿を見ていられたらうれしいけれども、仕方ない、と少年はうつむいて、呟くように言った。ガゼルを見続けることは自分の喜びだけれども、それは自分の喜びであってガゼルの喜びではない。かといって、動物園で世話をされることがガゼルにとっての幸せかどうかもわからないのだが、ここに居続けることもまた、ガゼルにとって幸せかどうかはわからない。

柵の向こうで大きな動きがあったのは、私たちが食事を終えて、またガゼルの様子を見ようと立ち上がってからすぐのことだった。柵に背を向けておとなしく座っていたガゼルが、突如として走り出したのだった。上流の側へと、見たこともないような速さで向かっていた。上流には山がある。柵の中にいた、ガゼルを観察するためのカメラやライトの調整にやってきていた自然保護課の職員さんたちは、どうしたんだ！　とまっしぐらに上流へと走っていくガゼルを追いかけようとしたが、もちろん人間の脚では追いつかなかった。

少年もまた、柵に沿って上流の側へと走り出していた。私もそうした。ガゼルが、ほんの一瞬だけ少年の方を振り返るのが、私にははっきりと見えた。

「行け！」少年の叫び声が聞こえた。「行きたければ行ってくれ！」

ガゼルが地面を蹴って飛び上がり、柵を飛び越え、そのまま上流の方へと駆けていく様子を、柵の傍らに備え付けられた工事用のライトが照らしていた。

少年は、柵の果てまで走って、やがて膝に手を突いて息を切らせた。ガゼルの姿は、もう見えなくなっていた。この話が職員さんに報告されて、上流での捜索がなされるとして、ガゼルはその前に山へ逃げ込めるだろうか、と私は思った。そもそもサバンナに山はなさそうだから、ガゼルにとって良い環境でもないだろうけれども、サバンナにだって木はあるだろう、と私は上流の方を見つめながら、ぼんやりと考えに身を任せていた。河川敷であろうと、動物園であろうと、上流の山の自然であろうと、そもそもどこもガゼルにとっては場違いなのだ。どこもかしこも居心地が悪いのだとしたら、それは柵や檻の外を選ぶだろう。

行け、と少年がまた言うのが聞こえた。私はうなずいた。ただ幸運を祈った。

真夜中をさまようゲームブック

【読み方】これはゲームブック形式になっているお話です。そのまま手ぶらで遊んでもいいですが、できれば紙とえんぴつを用意し、パラグラフ番号をメモしながら読んだほうが、失敗があった時に元に戻りやすいですし、行動の途中で拾得した物も確実に記憶しておけますので、おすすめいたします。※行動の選択によっては、主人公はかなり簡単に死んだり、警察に捕まったりします。

1

居酒屋での先輩のしつこい説教を逃れ、君は終電で最寄り駅に帰ってきた。あのまま話を聞いていたら、タクシーで帰宅して、数千円余計な出費になるところだった。君は呑めないので酔っ払ってこそいないが、くたくたで、早く家に帰りたい一心でいる。金曜日の夜だった。

近所のコンビニエンスストアで何か買って帰ろうと思ったのだが、そういえば家にキムチと豆腐があることを思い出す。あれに胡麻油をかけて、先週の週末に録画した試合を観ながら食べよう、と思うと心が躍り、気持ち足早になる。その前に風呂に入って、先輩からのまとわりつくような説教の言葉を洗い流すのだ。

防犯灯で煌々と照らされている道の先に、自宅が見えてくる。なんの変哲もない、静かな住宅地にそれは位置している。静かすぎて物足りないほどだ。家族は旅行中だ。今日の午後から出かけて、日曜の夜に帰るという。北陸のホテルを舞台にしたミステリーツアーだという。君はそれに行きたいと思ったのだけれども、家族の一人と気まずいので、ついて行くのはよしておいた。家族が楽しみにしていた、アイドルの出ている歌番組の録画を消してしまったのだ。そんなに怒ることはないのに、と君は不満に思っている。

キムチと胡麻油のかかった豆腐のことを考えながら、君は自宅のドアを開けようとポケットを探る。しかし鍵がない。こっちに入れたのかしら？　と上着の両ポケットにも手を突っ込むのだが、それらしい感触はやはりない。じゃあここ？　とリュックのポケットの中から、自宅の花壇の縁石の上に、携帯電話、iPod、居酒屋の割引券、昼間使わなかったコンビニの割り箸、先週観た映画の半券、消費者金融が配布しているティッシュなどの中身を並べていくのだが、鍵は見つからない。

　君は青ざめる。先輩の言葉など、もう一言も頭をよぎらない。家族がいない日に限って、自宅の鍵を失くしてしまったのだった。いつどこで自分が鍵を落としたのかと考える。たぶんだが、上着のポケットに入れていて、朝の出勤前に、うっかり受け取ってしまってポケットに入れたコンビニのレシートを捨てる時に、一緒にゴミ箱に捨ててしまったのではないかと考える。

　時計を見ると、夜中の一時を回ったところだった。もう電車は動いていないから、友人の家には行けないし、どこかで宿を取るにしても、そもそも、歩いていける距離に泊まることのできる施設はないし、財布の中には三千円ほどしかない。タクシーに乗ってどこかに泊まりにいったり、コンビニのATMでお金をおろすにしても、カード類は濫用を避けるために家に置いてある。先々月にクレジットカードの請求が十万を越えてから、君はすっかり現金主義者になってしまっていた。

　もはや居場所はないのだろうか。いや、一軒だけあった。駅の近くに漫画喫茶ができたのだ。なので、漫喫に行くなら49へ。そういえば二十四時間営業のファミリーレストランに行くという手もある。ファミレスに行くなら26へ。いや、一縷の望みを捨ててはいけない。コンビニに鍵の落とし物について問い合わせに行くのなら27へ。他にも、とりあえず町内をうろうろしてみるという選択肢がある。そうするなら42へ。

　とにかく今晩だけはしのいで、明日の始発に乗って友人の誰かの家に行って身を寄せることにする。今晩だけは、とにかく。

2

君は再び縁石に座って、自宅の塀の中で男から身を隠す……。そしてひたすら男の動きを待つのだけれども、隣の家の軒先から離れる様子もないし、(ひどい話だが)家の中に押し入っていくということもない。いいかげんしりが冷えて、腹が痛くなってくる。

　とりあえず、こっそり立ち上がるか56、何も知らないふりをして「こんばんは」とでも声をかけてみるか35、それとも、何をしているのか問いただしてもよい52。

3

異性は君を車の後部座席に誘い込む。夢のような異性である。会社の岩尾さんの十倍はもてるだろう。この異性を前にすると、なぜ自分が岩尾さんなんかを好きなのかがよくわからなくなってくる。

「こんな夜中にお一人で、どうされたんですか？」と、まともなことを言いつつ、異性は君に体を寄せてくる。君は、これは事に及んでもいいというような態度だと受け取る。君は時間つぶしに異性といちゃついてもいいし16、やはり岩尾さんに対して申し訳が立たないと思い（ただし付き合ってはいないのだが）、車から出て町内の放浪に出かけるのなら13へ。判断ばかりで疲れる夜だから、いったん自宅に帰って、花壇の縁石に座って休むということもできる。そうするのなら57へ。

4

やはり自分にあなたの代弁はできないのではないか、現実的には、と君は考える。幽霊は君の頭の中で、それはそうかもしれませんが……、と口ごもる。だって自分は、彼とはなんの縁もゆかりもない、ただ近所に住んでいるだけだ、と君は幽霊に言い募る。幽霊は黙り込んでしまう。激しい抵抗の気配は感じない。物わかりの良い女性だったのだろう。

運が良ければ、そのまま、ややこしいことには関わらずに、夜明けを迎えられたのかもしれない。道に面している雑誌のラック越しに外を見ると、空にはわずかに青みがさしている。君の落ち度は、そうやって幽霊の息子を前にして、悠長に目を逸らして外を見てしまったことなのだろう。その程度のことをなんらかの、見捨ての動作のように受け取るような怒りや不満があるということを、君は知らなかった。

幽霊の息子は、君に歩み寄ってパーカの腹ポケットから出したナイフを君の脇腹に押し付ける。そのままカウンターに歩いていけ、と腕を摑《つか》み、声を出すな、と言う。君に一時的に取り憑いている幽霊が、全身で嘆いているのがわかる。息子が道を違《たが》えてしまった。自分のせいだ、自分が彼にちゃんと病気のことを伝えなかったせいだ。

　幽霊の様々な後悔が押し寄せてきて、君の心にのしかかって潰す。君は白目を剝く。本を閉じること。

5　男が落としたのは、ピンバッジだった。君は防犯灯の下に寄って、それが藤の形をあしらったものであることを確認する。裏側の剝き出しの針で手を怪我しないように、君はそれをティッシュに包んでペンケースにしまう。58へ。

6　この夜はいろいろなことがありすぎて、君は疲れ果ててしまっていたのだろうか。童心に返りたくなったのか？　君はぶらんこの両側の鎖に手を掛けて、膝を使って立ち漕ぎをする。ぶらんこが次第に振幅を大きくして、重力が君を弄ぶ感触は、自暴自棄のお供としては悪くなかった。手のひらが、鎖の鉄のにおいで満ちることにも、きっと懐かしさを覚えるだろう。
　真っ暗な空に稲妻が走るのを目にする。ところで、この本の100ページ以降を無作為に開いて、そのページ番号を見てほしい。その二桁目が奇数だったら50へ。偶数だったら21へ。

7　君はコンビニにやってきた。客は君だけで、店員は若いやせた男が一人だ。男は、あくびをしながら、中華まんの入れ替えをやっている。とりあえず雨具を探そうと店内を歩き回るのだが、どこにもそれらしいものはない。店員に問い合わせると、「売り切れです」と言う。なんということだろう。
　君は、立ち読みをしながら雨が止むのを待つことにする。雑誌のコーナーは駐車場に面していて、店へと歩いてくる客も見渡せるようになっている。背の低い少年が一人、パーカの腹側のポケットに両手を入れながら、店へと歩いてくる。小学六年か、中学一、二年といったところか。こんな時間に、こんな雨の中を平然と外を歩いているなんて、親は何をしているんだ、と君は思う。

　少年は、妙に早足で店に入ってくる。そして、君の姿を見つけると、立ち止まって睨みつけてくる。

睨み返すなら31へ。「何か目にゴミが入ったか、メガネを忘れたかだろう」と穏便に考えるように心がけ、気持ち会釈しながらコンビニを出ていくのなら、次に行く場所を選ぶこと。ファミレスなら39へ（ただしファミレスに行ったことがあればこの選択肢は選ばないこと）。漫喫なら25へ（こちらもファミレスの項に同じだ）。それとも、町内をうろうろしてみることにするのなら43へ。

8

確かに、自分はゲルググのフィギュアを持っているが、もらった成り行きが成り行きなだけに、やばいものなのかもしれない。

君はリュックを下ろさず、回れ右をして全力で走り出すのだが、どこからか現れたべつの警官に道を阻まれ、押さえつけられる。

ゲルググは案の定まずいものだった。覚せい剤で固められたフィギュアなのだと君は警官たちに知らされる。通りすがりの異性にもらったのだ、と言っても信じてはもらえない。君は何もかも失う。

9

君はリュックを地面に下ろし、フラップを開けて中を見せる。警官はその中を懐中電灯で照らす。ゲルググが……、というつぶやきが聞こえる。

「ちょっと交番まで来てもらえますか？」

どこからか、もう一人の警官が現れて、君の背後に立つ。君は逃げられない。

交番で、Amazonの箱の中のゲルググのフィギュアは、実は覚せい剤を固めてできているものだと知らされる。君は心底驚くが、とぼけないでください、と言われるだけだ。いや、公園の前に停車していた車の中で入れられたんだ、と言っても、信じてはもらえない。

君はそのまま警察署に移送される。あの異性は、君を迎えには来なかった。

10

「息子のことなんですが」君が軽くうなずいて、話を聞く態度を見せると、幽霊は事情を話し始める。「息子息子って申し訳ないんですが、さっき家に見に行ったところ、見当たらなくて」

あの、幽霊は思い入れのあるところになら移動できるんです、私には今のところ、自宅とこの公園だけなんですが、と幽霊は続ける。

「この数日間、毎日のように、飛び出しナイフや鉄の棒を持って夜中に徘徊に行くんです。それで何をしたっていうのはまだないんですが、何か起きるのは時間の問題だと思うんです。馬鹿なことはおやめなさい、って、何度私が話しかけても耳には届かないみたいで……。霊感がないんですかね。私も夫もなかったから」

そんなことを言われても、と思う。じゃあ君は霊感があるのだろう。今日初めて知った。幽霊話には興味がないほうだ。

「息子を止めてほしいんです。息子がそんなことをする理由は、たぶん私が死んだからだと思うから。息子は強盗に私が殺されたと思っているんですが、死因は不整脈です。持病でした。それが、強盗と出くわしたショックで心臓が止まったんです。べつの出来事で亡くなる可能性もありました」でも、それは実質強盗があなたを殺したようなものでしょう、と君が言うと、幽霊は、そうかもしれませんが、と首を振る。「息子に自分の病気のことを一切伝えていなかった私も良くなかったと思います。思春期の難しい時期だからと腫れ物にさわるようにして、話すのが気の重い事柄は、何も言わなかったんです。自分も仕事をしているし、仕方ない、いつか言おうと言い聞かせて。夫が事情を話しているところは見かけましたが、息子は私の病気についてまったく知らなかったので、嘘をつかれていると思い込んでいます」

それで、どうやって物騒なことをしかかっている息子さんを止めたらいいんでしょう？　と君が尋ねると、幽霊は少し考えて、また話し始める。雨は先ほどよりも強くなっていたが、藤の花弁は意外にもほとんど地面に落ちないでいる。

「ただ、事実を伝えていただきたいんです。自分は不整脈による心不全で死んだことと、そのことであなたに荒れてほしくないんだということと、ずっと見守っているんだということを」

幽霊は先ほど、息子が家を出てコンビニエンスストアの方向へと歩いていくのを見かけたという。幽霊自身は、そのコンビニを利用することはほとんどなかったので、そこには行くことができないし、霊感のない息子に自分の意思を届けることもできない。なので、君にしばらく取り憑かせてもらってコンビニへと移動し、息子に言葉を伝えたいのだという。

今夜はおかしなことばかりだと思う。だからもうそのついでに幽霊の頼みを聞き入れるのなら30へ。これ以上ややこしいことに巻き込まれるのはごめんだ、だいいち、幽霊の息子に真実を伝えたところでどうにかなるという保証はない、危ない目にあうかもしれない、と断るのなら48へ。

11

漫喫の警官が追っていたのは、おそらくこのゲルググのフィギュアだろう、と君は思う。警官が追うようなものに関わって無事でいられるはずはない。君は走って車から離れ、町内の放浪に戻る。13へ。

12

君は自転車の人物の視界から外れるように、家の軒先を伝ってすぐ近くの曲がり角を曲がる。そしてそのまま走って、その場から離れる。まったく、今の中学生はどうなってるんだ、と思いつつ、自分の頃にもああいう手合いはいた、と思い出しながら22へ。

13

かなり移動したような気がするけれども、まだ大した時間は経っていない、と君は時刻を確認してうんざりする。顔を上げると、防犯灯に照らされて、道の向こうから、自転車に乗った人物がこちらに近付いてくるのがわかる。

ところで、この本の100ページ以降を無作為に開いて、そのページ番号を見てほしい。その二桁目が奇数だったら40へ。偶数だったら22へ。

14

中に入ろうとちらりと覗くと、中に誰かがいる気配がしたので、君は諦めることにする。藤棚の向こうのベンチへ行く。60へ。

15

そうだ、声など聞こえない。もうこれ以上ややこしいことに関わり合いになるのはうんざりだ。たとえ幽霊が気を利かせて、低体温症になろうとしている君を起こすために、使命を与えに来たのだとしてもだ……。

ただじっと前を向くだけにとどまり、横には一切視線をやらないでいると、もう声は聞こえなくなる。幽霊は、君の強固な、もう何にも巻き込まれまいという意思に退散したようだ。

何者も、君に影響を与えることはない。けれども君自身が体の中に溜め込んだ冷気が、君の中に沁み渡って覆い尽くす。翌朝、君は公園に遊びに来た子どもたちによって、座ったまま冷たくなっているところを発見される。本を閉じること。

16

君はけっこういい思いをした。そのまま後部座席で朝まで過ごさせてくれるのかと思ったけれども、異性は、もう行かなければならない時間だ、と言う。「とても楽しかった」と言う異性の声は、君の体に溶け込んで広がるようであり、心にしなだれかかってくるようだ。そして、君のリュックの中に大事なものを預けたから、いずれ取りに行く、どうか大事に持っていてほしい、その時にまた楽しもう、というようなことを言う。君は、この人物がどうして自分のところに「大事なものを取りに行く」ことができるのか、もしかして持ち物の中身をチェックされ、住所の情報を抜き取られたのかと不審に思うけれども、この異性に愛想をつかされたくないという一心で、ただうなずく。

君は外に出され、異性は車を発進させる。君は気になって、通勤用のリュックを開けて中を確認する。Amazonの箱が入っている。君は、その中に何が入っているか思い出そうとするけれども、異性と事に及んだ記憶で、何も思い出せなくなっている。

ふらふらと、夜の住宅地の放浪へと戻っていくのなら13へ。自宅に帰ってみて、本当に自分は鍵を持っていないのか、今一度確かめてもいい。その場合は57へ。

17

君はいちごミルクを警官に引っかけて逃げようと考えたが、カップの底にはもう一滴も残っていなかった。君の言い分は聞き入れられず、警官は君を漫喫から連行していく。本を閉じること。

18

言いたいことはない？　警官に知らせたいことはない？　本当にない、というのなら46へ。いや、実はある。このパラグラフにくるまでに、二度自宅に帰っているのなら32へ。

19

君は高校の時に陸上部であったため、逃げ足は速いのだが、いかんせん足元への注意力が足りないのだった。君はファミレスの出入り口で玄関マットにつまずいて倒れる。人々が君を避けて、あるいは君の背中を踏んで外へと走り出ていく。立ち上がろうにも、後ろからやってくる人々の勢いに押されて、頭を上げるのさえ難しい。
　そのうち火の手が迫ってきて……。本を閉じること。

20

隣の家の錠前を覗き込む男を、君は再び見かける。だがそのまま幽霊の息子を家まで送るのなら**29**へ。電柱の陰に隠れて、塀との隙間から様子をうかがうのであれば**55**へ。

21

遠くで雷が落ちる音がする。君は我に返って、こんなことをしている場合ではない、と雨宿りのことを思い出す。藤棚の向こうのベンチに行くのなら**60**へ。タコ型遊具の中に入って雨をしのぐなら**47**へ。

22

だしぬけに目がくらむ。自転車に乗った人物に、懐中電灯で照らされたのだ。「止まって止まって」君は立ち止まる。「こんばんは。夜中に何してらっしゃるの？　こんなところで」。品のいい中年女性みたいな言葉遣いだが、相手は男の警官だ。家から締め出されているので困っている、と君は説明する。もしかしたら、派出所のどこかで過ごさせてもらえるかもしれない。しかし警官は、大変だね、まあこのへんは、ファミレスとか、漫画喫茶とかあるから、なんとか、と勧めるだけにとどまる。はい、と君がその場を離れようとすると、警官は「待って待って」とまた君をぶしつけに懐中電灯で照らす。
「ちょっと荷物見せてもらっていい？」
　君はリュックのストラップを軽く握りながら、判断に迷う。べつに何もやましいことはないので見せてもいいのなら**62**へ。いや何か通常は所持していない物を持っていて、それは藤の形のピンバッジではない。そのうえで見せるなら**9**へ。見せないのならこの本の１００ページ以降を無作為に開いて、そのページ番号を見てほしい。その二桁目が奇数だったら54へ。偶数だったら8へ。

23

「こんばんは」と後部座席の異性は、窓を開けて君に話しかけてくる。君好み、と評すると、君が特殊な嗜好であった場合に不適切なので、この場合は、社会一般的に非常に魅力的な異性であるとする。全体の調和が、平均よりだいぶ高いレベルで保たれたタイプの容姿の異性だ。ちなみに、現在君が非常な興味を持って日々目で追っている、会社の岩尾さんとは似ても似つかない。

異性のやや翳りのある目付きは、動いていないのにうなずいているように見える。実際、君に対してなんらかの了解を発信している。なんらかの。

異性は後部座席のドアを開ける。異性の傍らには、Amazonの箱が見える。それは少し開き気味になっていて、中にはブリスターに収納されたゲルググのフィギュアが入っているのが見える。君は今夜、ゲルググのフィギュアについて追及されたことはあるだろうか？　あるので速やかにこの場を離れるのなら11へ。あってももう少しここにいようと思うのなら59へ。ゲルググがどうしたとかわからないけどこのままここにいるのなら、3へ。わからないし、岩尾さんでない異性なんか、何を言ってきてもどうでもいい、ここに留まりたくないのなら13へ。

24

君は依怙地な人間だと謗られたことはないか？　季節が悪かった。夏なら悪い選択ではなかったのかもしれない。何時間かの彷徨ののち、君は道路に膝をつき、そのまま倒れ込んでしまう。そして死ぬ。死因は低体温症といったところだろう。

25

雨の中、びしょ濡れになって漫画喫茶にたどり着いたというのに、店員は「申し訳ございません、満席でございます」というそっけない答えを返す。待合スペースのようなものはないのか、と君は食い下がるが、そのようなものはないらしい。

君は漫喫を後にする。コンビニか7、ファミレスか39、公園か37、町内の放浪か43？　コンビニとファミレスには、一度行ったことがある場合は立ち寄ってはいけない。

26

君はファミレスにやってきた。一度も来たことがない店で、それなりに心躍るものはあるのだが、お腹は空いていない。そこそこ混んでいて、そこらじゅうで話し声や叫ぶ声や泣き声がする。君は落ち着かない気分になる。音楽でも聴こうかとスマートフォンを出してみたが、バッテリーは赤い筋を残して切れかかっている。

　右隣は六人組の家族連れで、若い夫婦とそのどちらかの母親と思しき女、小さな子どもが二人と赤ん坊だ。子どもは通路を走り回っていて、赤ん坊はぐずっていて、夫はスマートフォンでゲームをしている。妻とその母親か姑は、何事か噛み合わないことを話している。左隣は、ひたすら何か書き物をしている、半袖のTシャツの太った中年の男だ。いくら春先とはいえ、それは寒いのではないかと君は思うのだが、それ以上は考えないようにする。

　トイレに行った後、ドリンクバーを注文する。トイレには、『長時間の席のご使用はご遠慮願います。勉強、パソコンを使った作業、居眠りなどについては、ご注意をさせていただく場合がございます』という貼り紙があったので、君は飲み物を口にしながら落ち着かない。居眠りは、まさに自分がしようとしていたことなのに。

　それでも眠気には勝てず、グラスを手にしたままうとうとしかかっていると、隣の席の赤ん坊が火が付いたように泣き叫び出したので、君は目を覚ます。煙のいやなにおいがして、スプリンクラーが作動する。君は水をよけて通路に出て、喫煙席のほうの壁に火柱が立っているのを目にする。火事だ。方々で、消防署に連絡する声と、火から逃げ惑う悲鳴が上がる。半袖のTシャツの男が、悠長にノートを閉じるパタンという音が、なぜか大きく聞こえる。

　どうする？　人々をかき分け、一目散に出入り口から逃げるなら**19**へ。それとも、逃げ遅れそうなTシャツの男に注意を喚起するなら**51**へ。

27

君はコンビニにやってきた。客は君だけで、店員は若いやせた男が一人だ。男は、あくびをしながら、中華まんの入れ替えをやっている。君は店員に「すみません、今朝鍵の落とし物はありませんでしたか？」と尋ねる。店員は、ええ？　と訝《いぶか》しげな顔をして、面倒くさそうに背後の棚を振り返ったり、カウンターの下の手元の引き出しなどを開けて確認をするのだが、やがて「届いてませんね」とにべもなく答える。君は、そうですか、とうなずいて、やはり始発で友人のところに行く計画を立て始める。

時間つぶしに、店を隈なく見て回りながら、何も欲しいものがない、と君は失望する。しかし、近々に持って帰る場所もないので、そうだ、立ち読みでもすればいいのだ、と雑誌のコーナーへと歩いてゆく。そこは駐車場に面していて、店へと歩いてくる客も見渡せるようになっている。背の低い少年が一人、パーカの腹側のポケットに両手を入れながら、店へと歩いてくる。小学六年か、中学一、二年といったところか。こんな時間に平然と外を歩いているなんて、親は何をしているんだ、と君は思う。

少年は、妙に早足で店に入ってくる。そして、君の姿を見つけると、立ち止まって睨みつけてくる。睨み返すなら**31**へ。「何か目にゴミが入ったか、メガネを忘れたかだろう」と穏便に考えるように心がけ、気持ち会釈しながらコンビニを出ていくのなら、次に行く場所を選ぶこと。ファミレスなら**26**へ（ただしファミレスに行ったことがあればこの選択肢は選ばないこと）。漫喫なら**49**へ（こちらもファミレスの項に同じだ）。それとも、町内をうろうろしてみることにするのなら**42**へ。

28

君は自転車の人物に背中を向けて、一目散に走り出した。高校生の時に陸上の短距離の選手だったので、脚の速さには自信があるのだ。しかし相手は、もっと速かった。やすやすと君に追いつき、持っていた棒で君の頭を殴りつけ、そのまま走り去っていく。君は道路に倒れる。

なんの不満があるというのだろう……。君は、痛む頭で自転車の人物に追いつかれそうになってつい振り向いた時に見えた顔のことを思い出す。近所に住んでいる中学生だったように思う。その家は先月強盗に入られて、奥さんが亡くなったと聞いた。彼はその家の一人息子だ。母親が強盗に命を奪われたのだ、ならばこんなふうに通り魔がいのことをして気晴らしをするのは仕方がない……わけはない。意識が途切れる。本を閉じること。

29

幽霊の息子は、何事をなすこともなく自宅に戻り、幽霊も君の体から出ていって感謝を述べ、家に入っていく。君は、そういえば自分に居場所がないことを思い出して、幽霊の息子に「自宅の鍵を失くしたので玄関先にでもいさせてほしい」と言うと、家に入れてくれる。本当によその家の玄関先で朝を待つことになるものの、幽霊の息子は気を遣って冷蔵庫にあるコーラを持ってきてくれたりする。トイレにも行けるし、悪くはないと君は思う。

朝になり、君は誰かが傍らを歩いてゆく気配で目が覚める。幽霊の息子が家を出て、君の家のある路地へと向かう。君の隣の家に住む二人の姉妹と母親が殺されたそうだ。姉妹のうちの姉は、幽霊の息子の母親と同じ勤務先だったという。藤ケ谷化学という名前の会社で、最近大きな人事異動があり、母親は大変そうにしていたという。なんでも、異動で降格した部長だった男が恐慌をきたし、彼の家の郵便受けに物騒な手紙を入れたり、母親についてのでっちあげの悪評をネットに書き込んだり、取引先の会社で噂を流したりしていたらしい。君の隣の家の姉妹の姉は、不整脈で亡くなった彼の母親、つまり君に一時的に取り憑いていた幽霊の部下だったそうだ。

犯人に心当たりはありますか、と君が尋ねると、幽霊はしばらく口ごもり、元部長かしらね、と言う。自分の件についてもそうなのかもしれないが、強盗はスキーマスクで顔を隠していたため、彼女には誰だか判別できなかったそうだ。

幽霊の息子は、難しい顔をして何も言わずに、次々と捜査員が君の隣の家に入ってゆくところを見ている。彼自身には引き続き監視が必要なようである。自分がその役目を負わなければいけないのだろうけれども、君は、とにかく疲れた、と思う。(了)

30

君は幽霊を連れて(?)コンビニに行くことにする。もうどうにでもなれという気分だ。雨はやんで、もはやどこか勇ましい気分でコンビニに向かう。幽霊は現在君に取り憑いており、姿は見えなくなっているが、声は聞こえる。体は、幽霊の重量(?)もあるのか、若干重い感じがするが、湿気のせいかもしれない。

君にとっては、今夜初めてなのか、それとも何度か訪れたことがあるのかわからないのだが、コンビニの様子にさしたる異変はなかった。若い痩せた店員がカウンターの中にいて、ときどきあくびをしている。君は陳列棚の間を歩き回って、幽霊の息子を探す。グレーのパーカを着た彼は、男性用の下着や整髪剤などが並んでいるコーナーでじっとしている。夫が洗濯物を溜めているんです、と幽霊が君の頭の中で言う。それで、スーパーで下着を買ってきたそうなのだが、彼はどうもそれが気に入らないらしい。でもそれはただ、自分の境遇に対する怒りと不満がいっしょくたになっているだけで、本当はそのパンツを穿くのはやぶさかではないのだ、と幽霊はこまごまと説明する。わかるような、でもどっちでもいいような話だが、君は耳を傾ける。

夫は明日、絶対に洗濯をするつもりでいます、一度すると決めたらします、と幽霊は言う。私が死んでしまったことは本当に息子にとってつらいことかもしれないけれども、だからといって夫にまで失望しないでほしい。

この期に及んで幽霊が語るのは、家庭の小さなことだけだ。決定的な、元気を出して、だとか、私はいつもそこにいるわ、といったようなことではない。君はそのことにもどかしさを感じながら、少しずつ、幽霊の息子に近付いていく。息子は君の気配に顔を上げて、君を睨みつける。手に余る顔つきだ。君はこれまで、ごくごく平均的な家族生活を送ってきて、そんなきつい顔つきを強いる不幸や、そうならざるを得ないような人物と関わったことは一度もなかったと思う。いやでも、それはもしかしたらただの思い込みかもしれない。周囲の友人の中には、君には与り知ることのできない不幸に人知れず引き裂かれている者がいたのかもしれない。

けれども、幽霊の息子の不幸に触れる自信はないし、その義務も自分にはない、と考え直すのであれば❹へ。とりあえず、お父さんが絶対に明日洗濯をするので、とお母さんが言っているのだが、と知らせるのであれば㉞へ。

31

少年は君に歩み寄ってきて、腹ポケットから手を出す。手にはナイフが握られており、君は脇腹にそれを突きつけられる。「真っ直ぐにレジまで歩いていけよ」と少年は言う。君は彼の言うとおりにする。

レジで少年は、君の背後から店員に向かって、「金をよこさないとこいつが死ぬ」と言う。やせた店員は目を見開いて、あたふたと防犯ブザーを探すような素振りをするが、少年はそれに気付いて、「両手を挙げろ」と店員に命令する。しかし、少年の指示もむなしく、防犯ブザーは店内の空気を叩き割るように鳴り響く。少年が肩で息をしているのが、君にはわかる。少年は完全に怯《ひる》んでいる。君は、少年からナイフを奪い取ろうと身を引くけれども、少年の反応のほうが一瞬速かった。少年が、ナイフを低い角度に振り上げるのが見えた。君は脇腹を刺された。本を閉じること。

32

隣の家のことなど、正直どうでもいい、と君は思う。あまりに君が他人に興味がないか、警官と話すことを嫌がるか、市民の義務に関心がないか、自分が見たものについて話すということに自信がないか、そのうちのいくつかか、すべてか、それはどうでもいい。

歩き始めた君は、曲がり角で隣の家の錠前を覗き込んでいた男に出くわす。叫び声か、悲鳴か、背を向けて逃げ出すか、とにかくなんらかのリアクションをする前に、君は男に腹を刺される。男は君の顔を覚えていて、重要な目撃者だと見做していたのだ。男はすでに三人殺してきたので、君が一人増えるぐらいなんてことはなかった。

男は急に現れたのだから、警官に話していても同じだっただろう、と君は頭の中で言い訳をする。そして道に倒れる。

33

中に入ろうと覗くと、遊具の中に男がうずくまっているのが見えた。見覚えのある男だ。それは隣の家の錠前を覗き込んでいた人物だった。君が息を呑んだ瞬間、男は遊具の中から腕を伸ばして、君の首筋を刺す。君の自宅の隣で一家を全員殺してしまった男にとって、君は致命的な目撃者なのだ。血が飛び散る。君は遊具につかまるようにして倒れ、力尽きる。本を閉じること。

34

お父さんは、明日絶対洗濯をするって、と君はとにかく幽霊の息子に告げる。一度やると決めたらやる人なんでしょう、という君の言葉に、幽霊の息子はきっと君の顔を見上げる。

「何言ってんだよ」

ほら言わんこっちゃない、と君は幽霊に言いたくなる。しかし、なんとか踏みとどまって、君のお母さんに聞いたことがある、と続ける。あんた誰なんだよ、と幽霊の息子は当然の疑問を口にする。君は迷って、君のお母さんの知り合いで、伝言を頼まれていた、と話す。

「嘘つけ。気持ち悪いんだよ」

幽霊の息子は、パーカの腹ポケットに手を突っ込む。君はいたたまれない気持ちで、自分が刺されるということを一瞬想像する。運が悪い。今夜は本当に運が悪い。なのでもう、死んだつもりで話をしてみよう。

君のお母さんには不整脈の持病があり、強盗の事件以外のことで驚いても、心臓が止まってしまう可能性があった。もちろん、強盗が圧倒的に悪いのは確かなのだけれども、お母さんは君に病気について打ち明けていなかったことも後悔している。何にしろ、お母さんの死が受け入れがたいこともわかる、だからといってお母さんは、君に荒れてほしくはないし、君にお父さんに対してまで失望してほしくないと思っている。

「気持ち悪いんだよ」

君の言葉に、幽霊の息子は繰り返す。パーカの腹ポケットが不自然に膨らんで、中で何かを握っていることもわかる。君は、思わず首を横に振りそうになるのを押しとどめながら話を続ける。

「ずっと見守ってるって」君は、少年の目を覗き込んで、息を吸い、話し続ける。「君のお母さんは、公園の藤棚が好きだったんだろう。それを見ていたいがために、君をぶらんこに乗せずに砂場で遊ばせていたことを後悔していたよ」

「覚えてない」

いつの話だよ、と幽霊の息子は言う。それでも、彼は覚えているはずだ、と君は直感する。本当にあったことなら、特に子どもの頃のことなら、体感として残っていて、彼の中で自分は確かに母親といたのだということを思い出させる材料になっているはずだ。

失望しないでほしい、と君は、君の言葉として言う。少年は、腹ポケットから手を出して棚に吊るしてある下着を一枚手に取り、君を押しのけるようにしてレジへと歩いていく。ジーンズのしり側のポケットから財布を出して、彼は下着の会計をする。幽霊が、君の頭の中で溜め息をつく。息子の名前を呼ぶ。そして、本当にごめんなさい、と呟く。

幽霊の息子は、コンビニを出ていく。君はそれについていくことにする。幽霊が彼に犯罪を犯してほしくないのなら、とにかく今晩だけでもそれを見守るのが自分の役目だと思ったからだ。幽霊の息子は、君を少しの間振り返るけれども、それでついてくるなと毒づいたりはしなかった。

君と少年は、公園の前を通ったのだが、藤棚の花はすでに消えていた。ここだろう、と彼は言う。ほとんど記憶にはないけれども、藤の花のことや、砂場がつまらなかったことはうっすらと覚えているそうだ。

失望するなというほうが無理だ、というようなことを少年は言う。母親とはあまり関係は良くなかった。父親とだってそうだ。親は二人とも仕事で忙しい。とはいえ俺も、そのことをいちいち不満に思うほど子どもではない。家のある路地で男とすれ違い、母親が一階の廊下で倒れているところを見かけた時は、そういうことも自分の身に起こるのか、と思った。興味深くさえ感じた。ほんの少しだけだけど。

死んでいる母親を最初に発見したのは俺だ。でも何もできなかった。通報したのは、次の日に帰ってきた父親だ。葬式には出なかった。自分を構成するものが、そんな形で、こんなにまで大きく損なわれたということを、俺は信じられなかったからだ。

君は黙って幽霊の息子の話に耳を傾ける。公園の前に立ち止まって、気が短く、時間の無駄を気にする誰かならば、立ち去ってしまいそうな長い間をおいて、彼は話を続ける。

警察は早く犯人を捕まえろ、と思う。まったくそのとおりだ。君自身もこの夜、警官に呼び止められてわずらわしい思いをしたことがあるかもしれない。

少年が再び歩き出すので、君はその斜め後ろを追う。彼の家に到着する前に、自宅のある路地の前を通ったので君はそちらを覗き込む。君は今夜、これまでに二度家に帰ったことがあるだろうか？　あるのなら❿20へ。ないのなら29へ。

35

「あ、こんばんは」と君は、なんの他意もないことを装って男に声をかけてみる。男は、突然塀から頭を突き出した君に驚いて、道の向こうに逃げ去っていった。

チン、という軽い音がして、男が何かを路上に落とすのが見える。なんだろうか？　道路に出て拾うか**5**、不審者の持ち物になど手を付けないのが賢明と考えるか**58**。

36

こんばんは、と君は言う。こんばんは、という女の声がする。それ以上言葉を続けられないでいると、声は更に言葉を継ぐ。

「息子が藤の花や砂場を好きだったっていうわけじゃないんです。私が好きだったんです。それで、休みの日にはよくここに遊びに来ていました。息子は砂山をつくるよりはぶらんこに乗りたがりましたが、私は、危ないからやめよう、と言い含めて、ここに座ってじっと息子と藤棚を眺めていました」

女性の声から年齢を判断するのはそんなに簡単なことではないが、話し方は落ち着いていて、声音からは、ある年齢までの女の人の声が有している産毛のような感触が抜け落ちて透き通っていた。おそらく、君より十歳ほどは年上の女性の声だろう。

「後悔しています」

今となっては、あの瞬間でさえ子どものやりたいことをさせてあげたかった。

君は恐る恐る、声のする隣の方向を向く。女の人が座っていた。グレーのスウェットに、紺色のウィンドブレーカーを羽織り、足は裸足だった。幽霊にも足はあるのか、と君は興味深く眺めるのだけれども、なるほど土踏まずのあたりから爪先まではじょじょに姿が薄くなって、地面が透けて見える。

君はおぼろげながら、女の人を近所で見かけたことがあると思い出す。共働きで子どもを育てている家庭の奥さんだ。面識と言っても、家に入っていくところを見かけたらあいさつをする程度で、顔もよくわからない。ただ、ゴミ出しの時に彼女が同じような格好をしているところを見かけたことがあるから知っているような気がする、というそれだけだ。

「話しかけてご迷惑でしたでしょうか？」

突然聞こえてきた声に、迷惑も何もない。君は、首を縦に振ったらいいのか横に振ったらいいのか迷いながら、ただ幽霊と藤棚を見比べる。

「この通り私は死んだのですけども、思い残すことばかりで」それはそうだろう。幽霊は君よりおそらく年上だが、まだ簡単に死んでよい年齢のようにはまったく見えなかった。「一つだけ、お願いを聞いていただいてよいでしょうか？」

君は顔をしかめそうになる。たいがいいろいろなことがある夜だが、まさか幽霊に頼みごとまでされるとは。とにかく話を聞くなら⑩へ。聞き入れずに、幽霊の存在自体を無視し、声は聞こえていないと自分に言い聞かせるのなら15へ。

37

今夜は初めてか、それとも再びにか、君は公園にやってくる。公園の藤棚には、きれいに藤が咲いている。もし一度君が公園を訪れていたなら、その時には咲いていなかった藤の開花を不思議に思うかもしれない。とにかく、真夜中の雨の中で藤が満開になって揺れている様子は、美しいと言ってよかった。

藤棚の向こう側には、庇《ひさし》のあるベンチがある。そこで過ごせば雨をしのげるかもしれない。ベンチに座るなら60へ。いや、タコ型の遊具の中のほうが広々としているし、丈夫で夜を過ごすのに良いかもしれないと判断したのなら47へ。ここへきて衝動的にぶらんこを漕いでみたくなった、と思うのなら❻へ。

38

君は自宅の近所の公園にやってくる。ぶらんこ、すべり台、砂場、中に入ることのできるタコ型遊具などのある、平均的な公園である。なんらかの刺激を求めてやってきた君は、それらの遊具を見て回り、特にタコ型遊具に関しては、中に誰かいないか覗き込みもする。しかし、公園には誰もいない。いちゃついているカップルも、言い争っている不良たちも、ホームレスさえもいない。君は、すべり台を一度だけのろのろすべった後、砂場の上に藤棚があるのを発見する。でもそれがなんだというのだろう。藤が咲くにはまだ早いようだ。藤棚の向こうには、庇のかかった小さなベンチがある。そこに座って夜を明かすという手もあっただろうが、あまりにそれは悲しく思う。誰かに襲われないとも限らないし、それなら自宅の花壇の縁石のほうがましに思える。

　君は公園を後にしようと、コの字をひっくり返したような鉄棒が地面に刺さって自転車の侵入を塞いでいる出入り口へと向かう。公園の植え込みの傍らには、一台の車が停車している。一瞥しながら通り過ぎようとすると、後部座席に人がいるのがわかる。異性だ。その人物は、窓越しに君の姿を目で追っている。

　足早に、もしくは走って車から離れるなら13へ。立ち止まるなら23へ。

39

最寄りのファミリーレストランを訪ねてみたのだが、二十四時間営業なのに「準備中」という札がかかっていた。店員に事情を訊くと、ぼやが出たとのことだ。今日の君はとても運が悪い。雨の中を引き返してゆく。

　漫喫に行くか25、それともコンビニか7、公園か37、町内か43、漫喫とコンビニには、一度行ったことがあるなら行ってはならない。

40

自転車に乗った人物の顔はよく見えないが、背格好は中学に入りたての男子ぐらいに見える。君は目を凝らして、その人物が片手で自転車を運転していて、ハンドルを持っていない方の手に、細長い棒のようなものを持っているのを発見する。こんな夜中に、棒を振り回して自転車に乗っている中学生は明らかにやばい。

　どうしよう？　回れ右をして走って逃げるか28、今いる場所より少し後退したところにある曲がり角を曲がってやり過ごすか12、それとも、一一〇番をするという手もあるかもしれない61。

41

幽霊の息子が記憶をたどっているうちに、男は見張っている君たちに気が付いたのか、家と家の隙間に飛び込んで、そのまま姿を消す。しばらく二人で男が戻ってくるのを待ってみたものの、無駄に終わった。

　君は幽霊の息子を自宅まで送り届け、実は鍵を失くして自宅から締め出されているので玄関にいさせてくれと頼んでみる。幽霊の息子は、家に上がっていいと言うので、応接間にお邪魔させてもらい、ソファで泥のように眠る。

朝になり、君はいったん自宅に戻り、隣の家のインターホンを押して姉妹の姉を呼び出し、あなたの家の錠前をじっと見ている男を見た、と告げる。姉は、どこかさもありなんという様子でうなずいて、玄関の鍵を後二つ増やすことにします、と言う。窓にもすべて警報器を付けるそうだ。姉が言うには、職場で自分の上司だった元部長に付きまとわれて困っているという。妻と成人した子どもがいながら、社内で若い女子社員に手を出したことで降格して以来、おかしくなってしまったそうだ。隣の家の姉と、近所に住む姉の上司は、そのことを会社に報告したため、元部長は、降格や若い女性と引き離されたことについてひどい逆恨みをしていると姉は話した。姉の上司の女性は、最近家に強盗に入られて心臓発作で亡くなったし、これらのことと無関係であるとは思えないという。

警官に話してみてくれないか？　と君が頼むと、何度か話しているのだが、最近このあたりで覚せい剤の取引がいくつかあって、おまわりさんたちはそちらのことで手いっぱいなふしがある、と姉は首を振った。自分たちでできるだけ気を付けよう、と君と彼女は言い合う。

数週間して、覚せい剤の売人は捕まり、元部長の男は指名手配をされることとなって、町内はいったん平静さを取り戻した。

ある日、終電間際まで長引いた残業の帰り道で、君は幽霊の息子が町内をうろうろしているところを見かける。声をかけると、家に押し入った男を探すのだ、という。やはり手に余る顔つきをしていて、君は、会社の岩尾さんと付き合い始めて幸せであることに罪悪感を感じる。（了）

42

自宅のある町内を歩き回ることにする。君はほとんどそんなことはしない。毎日が会社と家の往復で、散歩などしている時間はないからだ。それに家の近所よりも、会社の近くの環境のほうが都会で、何かと興味深いものがある。普通の住宅地は、大人の君にとってはなんの発見もないつまらないものだ。

スマートフォンで時刻を確認して、歩き始めてわずか二分しか経過していないことに辟易する。しかもバッテリーは残り少なく、近所をうろうろすることなど無謀だった、と君は思い始める。ただ夜明けを、電車の始発を待つにしても、それまでどのぐらいの時間が残っているのか計ることができるのとそうでないのとでは、気分に違いが出てくる。時刻のわからない夜は果てしない。

君は、こんなに行く場所がないのなら、自宅の軒先で眠ってしまえばいいのではないかと考える。何が悲しくて自分の家の前でそんなことをしなければならないのかとも思うのだが、静かに、誰にも咎められずに過ごせることは間違いない。鍵はないけれどももう一度自宅に向かうのであれば57へ。

いや、そういえば近所に公園があったはずだ。夜中の公園になど、ろくな人間がいるはずはないし、自宅のある路地で遊んでいた子どもたちが、あそこには幽霊が出ると噂しているのを聞いたことがある……。公園という言葉とは裏腹の、刺激に満ちた場所であることには間違いない。こんなに夜明けまでが退屈で長く感じるのなら、そこへ行って様子をうかがうのも悪くないかもしれない。公園へ行くのであれば38へ。

43

歩けども歩けども、雨は強くなり、君の体温を奪ってゆくばかりだ。体の芯から先端まで、あらゆるところがまんべんなくかじかんで固まり、歩幅は小さくなってゆく。

まだ歩き続けるか24、それとも、緊急避難的に、もっとも近くにある公園に立ち寄って雨宿りの場所を探してみるか37。ちなみに公園には幽霊が出るそうだ。

44

君は一か八かでカップを振り上げて、警官の顔に向かって中身を振り撒く。半分ほど残っていたのでうまくいった。警官は、メガネが！　と叫んでいる。君はブースから飛び出て、入り口へと突進していく。実は脚の速さには自信がある。高校の時に陸上部の短距離走の選手だったのだ。

うまいこと上がってきてドアが開いたエレベーターに、降りた客とすれ違いざまに飛び乗る。一階のボタンを何度も押す。地上に着くと、そのまま漫喫のある雑居ビルから走り出ていく。

さてこれからどこへ向かおう？　こんな夜更けに

開いているのはファミレスとコンビニだけだ。ファミレスなら㉖へ（ただしファミレスに行ったことがあるのならこの選択肢は選ばないこと）。コンビニなら27へ（こちらも、ファミレスの項に同じだ）。町内をうろうろしてみるなら㊷へ。

45 君は、自宅の隣の家で、錠前を覗き込んでいる男を先ほど見かけた、男は逃げてしまったが、と警官に話す。こんなところで自分に構っている暇があったら、そちらをなんとかすべきだ、と君は抗議する。だいたい、近所の強盗の件だって逃走中だというのもどうか、これじゃ安心して暮らせない、と君は口数が多くなってくる。当初はいなすようだったものの、すぐに神妙な表情になった警官は、君の言葉をさえぎって、「了解しました。その男を探しにいきます。ご協力ありがとうございました」と自転車にまたがって、路地の向こうへと消えていく。

本当にやる気があるのか、となおも言い募りたい気持ちになるのだが、警官の表情の真剣さを思い出すと、それも言い過ぎであるような感じがしてくる。君は再び、居場所を探して町内を歩き始める。㊻へ。

46 突然、雨が降り始める。そういえば今朝のテレビで、真夜中に強い雷雨になるだろう、という予報があったような気がするけれども、こんな時間まで家に帰れないなんてまったく予想だにしていなかった君は、傘などは所持していない。ただ濡れるままだ。冬の最後、春の直前に降る雨は恐ろしく冷たい。

選択肢は少ないがいくつかある。コンビニエンスストア、駅前の漫画喫茶、ファミリーレストラン、もしくは公園である。いや、こんな雨はすぐにやむだろう、と楽観的に考えるかもしれない。コンビニ、漫喫、ファミレスのうち、一度でも行ったことがある場所には行くことができない。すべての場所に行ったことがある、もしくは以下の選択肢に興味があるなら、公園に行くか37、このまま町内を歩き続けるか43。

すべての場所に行ったことがない、もしくは、どれかの場所には行ったことがないのであれば、以下の場所に移動する手もある。コンビニに行くのであれば7へ、漫喫に行くのであれば25へ、ファミレスに行くのであれば39へ。

47

タコ型遊具の中は、外からは見えないようになっている。ところで、君は今夜自宅に帰ったことが二度あるだろうか？　あるのなら33へ。ないなら14へ。

48

君はそのように伝える。幽霊は、そうですか、そうですよね、とうなずく。仕方がない。自分も大変なのに、そんなにだらしなく他人の頼みを聞いていたら身が持たない。

つまらないことをお願いして申し訳ありませんでした、と幽霊は消え、藤の花も消える。そのついでにか、雨もやむ。急速に、ほとんどぴたりと雲の動きが停止したように。

周囲はただの地面が濡れた夜中になる。君は、さきほどまでそこに幽霊がいたという居心地の悪さに耐えきれず、庇の下を出ていく。行き先は決めていなかったが、そこで過ごすよりはどこもましだろう。

タコ型遊具の中からも、人が出てくる。雨宿りをしていたのか。その人物は、君をじっと見つめ、不意に突進してくる。逃げられなかった。彼を見かけたことがあるのかないのかは、君は知らない。ただ脇腹と心臓を刺されて、君は翌日公園で見つかる。

君を刺した人物は、自分を追っていると思った、と供述したそうだ。逃走中に、住宅街をうろうろする君を何度も見かけて、こいつは自分を探しているのではないか、と。そんなことはなかったのに。本を閉じること。

49

君は漫喫にやってきた。漫画のことはほとんど知らないが、パソコンのある席でインターネットをやるなり、居眠りをするなりしたら、始発までの時間なんてすぐだろう。そういえば、飲み会の途中で帰ってしまった気になる異性である岩尾さんは、さかんに赤塚不二夫の『レッツラゴン』の話をしていた。しゃべるクマが出てきたり、家庭内で父と子が断絶していたり、いろいろすごいらしく、会社でつらい時は、ロッカールームで仕事をさぼってむさぼり読んでいると言っていた。

よし『レッツラゴン』を読もう、と思うと気持ちも明るくなる。君はうきうきとカウンターでメンバーズカードをつくる。応対してくれた店員が、心持ちうさん臭げな顔つきで上目づかいに見てきたのが気になるのだが……。

君は飲み放題の自動販売機でカップにいちごミルクを注いで、割り振られた席へと急ぐ。夜は長く、漫画の棚は無数にある。とりあえず、甘いものでも飲んで落ち着こう、と席について、パソコンのホーム画面になっているGoogleから、ニュースのページに跳ぶ。そして、マイリー・サイラスとベガルタ仙台についての記事を読む。そして初期の『モータルコンバット』のプレイ動画を見る。

いちごミルクを半分ほど飲んだ頃合いで、頭の上に影が落ちる気配がして、君は恐る恐る上を見上げる。警官の制帽を被り、制服を着た銀縁眼鏡の男が、ぬっと君を覗き込んでいる。

「こんばんは。ああ、やっぱり似てるね」誰と？君はそう口にできないまま、首を横に振る。「いやいや、とぼけちゃいけないよ。おととい Amazon の箱に入れて送られてきた1kg、ゲルググのフィギュアの形のやつね。どこへやったの？　持ってる？　家にある？」

警官は君を誰かと勘違いしている。1kgのゲルググの形をした別の何かを入手した……。ところで、この本の100ページ以降を無作為に開いて、そのページ番号を見てほしい。その二桁目が奇数だったら**17**へ。偶数だったら**44**へ。

50

頭の真上で、巨大な岩が更に巨大な岩石にぶつかって割れるような音がする。君は目を見開き、それきり動かなくなって、ぶらんこから振り落とされる。ぶらんこに雷が落ちたのだ。感電して心臓の止まった君は、公園の地面の上にどさりと仰向けになる。幸いなことに、死体の顔は微笑んでいたらしい。本を閉じること。

51

太ったTシャツの男は、逃げないと、と言う君をうさんくさそうに見遣って、消火器を持ってくる、とトイレに入っていく。実はTシャツの男は、あまりにもこのファミレスにやってきているせいで（一日八時間滞在する）、消火器の位置も安全な非常口も知り尽くしているのだ。君が男を待つまでもなく、男はトイレから消火器を持って出てきた。そして冷静に、鮮やかな手際で、火柱を消し止める。君が呆然としていると、帰らないのか、と男は振り返る。「私はこの時間帯はここにいるしか仕方がないのだが」。どういうことなのだろうか。気になるけれども、君はファミレスにはもういられない。

どこへ行こう？　漫喫なら**49**へ（ただし漫喫に行ったことがあればこの選択肢は選ばないこと）。コンビニなら**27**へ（こちらも漫喫の項に同じ）。町内をうろうろしてみるなら**42**へ。

52

「何をしてるんだ！」と君は大声を出す。男は顔を上げて、君が道路へ飛び出すより早く、こちらの家の軒先に飛び込んでくる。君は声を上げる間もなく、ナイフで心臓を一突きにされる。

ミステリーツアーから帰ってきた家族が、君を発見して驚くだろう。何しろ、隣の家の三人家族も全員、男に殺されてしまったのだから。家族が帰るまで自宅の花壇でうずくまっている君を発見する者は誰もいなかった。

53

君は、最初に男を見かけた時に男が落としていった藤の形のピンバッジを幽霊の息子に見せることを思い付く。彼はそれを見て、これだ、これをしてた、とうなずく。少年の家を襲った強盗と、君の隣の家の錠前を見ている男は、おそらく同じ人間なのだ。

君は幽霊の息子に、少し離れた場所まで行って携帯で警察を呼んでくれ、と頼む。幽霊の息子は承諾し、やがて警官がやってきて、男は取り押さえられる。君と幽霊の息子も、交番に連れていかれて話を聞かれる。幽霊の息子は、母親が死んだ日に自分の家から出てきた男は藤の形のピンバッジをしていた、と警官に話し、男は強盗や傷害致死の容疑で警察に捕まることになった。

夜明けまで話を聞かれた後、帰っていいですよ、と言われたので、君はいちかばちか、自宅の鍵を失くしたので家に帰れない状態なのだが、鍵は届いていないか？　と警官に尋ねてみる。ああ、それなら一つ届いています、ということで、警官は落し物を入れている箱を持ってきて、君に鍵を見せる。そうだ、それです、それだ！　君は興奮する。あまりに騒ぎ立てたので、寝てないんでしょ、体に障るよ、と警官にいさめられる。

君は自宅に帰る。そして玄関でそのまま眠り込んでしまう。いろいろあったけれども、家に帰った、と君はうつ伏せで大の字になり、幸せに眠る。

男が君の隣の家の錠前を覗き込んでいたことにはいろいろな事情があったのだが、とにかく家に帰り着いたことのほうが君には重要だ。興味があるのであれば、一つ前、および、二つ前のパラグラフに戻り、べつの選択をしてみること。（了）

54

確かに、自分はゲルググのフィギュアを持っているが、もらった成り行きが成り行きなだけに、やばいものなのかもしれない。

君はリュックを下ろさず、回れ右をして全力で走って逃げ出す。こら！ と怒鳴られるが、高校の時は陸上の短距離の選手だったので、脚には自信があるのだ。

君は住宅街をぐるぐると走り回って、警官たちをまく。46へ。

55

君は電柱の陰に隠れ、塀との隙間から男を観察する。君の行動に影響されるように、幽霊の息子は君の真後ろについて、中腰になっている君の肩越しに男を見つめる。あの体つきには覚えがある……、と幽霊の息子は言う。友だちの家から遅くに帰り、母親が家の中で死んでいるのを発見した時に、路地ですれ違った人物と同じような感じがするという。男について思い出せることは他にあるか？ と尋ねると、幽霊の息子は、スーツを着ていて、ニット帽を眉の下まで被っていて……（おそらくスキーマスクをまくり上げた状態だったのだろう）というところまで話して、口ごもる。

ところで、君は藤の形をしたピンバッジを持っているだろうか？ 持っているなら53へ。持っていなければ41へ。

56

塀の向こうに目を凝らす。その瞬間、顔を上げた男と視線が合った。君は恐怖で息を呑み、自分を守ろうとリュックを前に抱えるが、男は道の向こうに逃げ去っていった。

チン、という軽い音がして、男が何かを路上に落とすのが見える。何だろうか？　道路に出て拾うか5、不審者の持ち物になど手を付けないのが賢明と考えるか58。

57

いったん自宅に帰ってみることにする。そして君は、ドアの取っ手を摑んで回し、ゆっくりとこちら側に引き……、ということはない。君は、もう一度だけ着ているもののポケットというポケットを探し、リュックの中身をさらってみるのだが、やはり鍵はない。縁石に座り込んで、溜め息をつく。思い出したように時刻を確認するが、始発はまだまだ先だ。君は泣きたくなる。どうしてこのあたりには満足な宿泊施設もないのか。答えはなんの変哲もない住宅地だからなのだが。

膝と膝で頭を支えて、このままうやむやに眠ってしまえないか、と思うのだが、家の前の道路を誰かが通り過ぎてゆく足音と気配がしたので、君は身を起こす。近所にどんな人が住んでいるのかなんて、うっすらとしか知らないが、もしかしたら、頼み込んで玄関ぐらいにならおいてもらえるかもしれない。

君は立ち上がって、軒先から見渡し、誰がどの家に帰っていったのかを確認しようとするが、どの家にもドアが開いて中に人が入っていくという様子はない。

代わりに、隣の家のドアの錠前を、仔細に覗き込んでいる人物がいる……。性別は、背格好や髪型から男のように見える。彼も、自宅の鍵を外出先で失くしてしまったのか。二軒続けてそんな馬鹿な。それに、隣の家には、母親と独身の姉妹が三人で住んでいて、男性はいないはずなのだが。

どうしよう？　そのまま縁石に座って男をやり過ごしてもよいし2、間抜け面でじっと見ていてもよい56。明るく「こんばんは」と言ってみる手もあるし35、「何をしているんだ！」と咎めることもできる52。

58

また男が戻ってきてもいやなので、君は自宅から離れることにする。それにしても物騒な町内だ。警官に会ったら、さきほどのことを言い付けてやらねばならない。君はこれから公園に行ってもいいし38、もうやけくそで町内をうろうろするという選択肢もある13。

59

漫喫の警官が追っていたのは、おそらくこのゲルググのフィギュアだろう、と君は思う。警察が追うようなものを所持している異性に、君は非常に惹き付けられるものを感じる。異性は君を車の後部座席に誘い込む。夢のような異性である。会社の岩尾さんの十倍はもてるだろう。この異性を前にすると、なぜ自分が岩尾さんなんかを好きなのかがよくわからなくなってくる。

「こんな夜中にお一人で、どうされたんですか？」と、まともなことを言いつつ、異性は君に体を寄せてくる。君は、これは事に及んでもいいというような態度だと受け取る。君は時間つぶしに異性といちゃついてもいいし⑯、やはり岩尾さんに対して申し訳が立たないと思い（ただし付き合ってはいないのだが）、車から出て町内の放浪に出かけるのなら**13**へ。判断ばかりで疲れる夜だから、いったん自宅に帰って、花壇の縁石に座って休むということもできる。そうするのなら**57**へ。

60

庇の下に設置されているベンチは、思いのほか濡れておらず、君はリュックを膝の上に下ろして一息つく。ひどく疲れていて、このまま眠ってしまいたい気もしてくるのだが、そうしたら低体温症で死んでしまうかもしれない、と君は思い出して、なんとか目を開ける。

目の前の少し高い位置に広がっている藤棚が、とてもきれいだ。君は何かにたとえようとするが、藤は藤だ。引力の天地に従って咲き、視界の不意の場所に広がる。独特の花だ。今はまだ開花の時期ではない、なんてどうでもいいことだ。君は藤棚に見とれる。自分の家の近くにこんなきれいな場所があったとは。藤棚の向こうには砂場がある。春のいい時期には、ここに座って親が砂場で遊ぶ子どもを見守ったりするのだろう……。

「そうですよ」

突然、隣で声がする。ベンチにいるのは君だけのはずなのだが。君は隣を見遣ることができない。この公園には幽霊が出る、という噂を思い出す。

「私も息子とよくここに来ました」

ベンチにいるのは君だけのはずだ。とにかく、ここに座った時にはそうだったし、誰かが、失礼、と言ってやってきたわけでもない。そのことは確実なのだ。

だから、声など聞こえないふりをするのなら15へ。勇気を出して、隣に何者がいるのか首を傾けてみるのなら36へ。

61

スマートフォンを取り出して、残り少ないバッテリーを気にしながら、一一〇番をする。すみません、××町の路上で、棒のようなものを振り回しながら自転車に乗っている子どもを見かけました。電話に出た警官は、急行します、何丁目ですか？　と尋ねてくる。何丁目までかはちょっと……。君が普段自宅と会社の行き来しかしていないことが仇になる。

住所の表示板を探そうと周囲を見渡すと、自転車の人物は君に追いついて、棒で頭を殴りつける。君は路上に倒れる。もう起き上がらない。

62

君はリュックを地面に下ろし、フラップを開けて中を見せる。警官はその中を懐中電灯で照らす。

「うん、べつに何もないですね。大変お手数おかけしました」警官は、型通りではあるがとりあえず言葉は惜しまないようだ。「このあたりは、最近物騒な事件がありましてね。ご存知ですか？　強盗なんですけれども」

君はうなずく。近所の家で強盗事件があったと、家族の誰かが話していたのを聞いたような気がする。

「深夜のことでね。旦那は出張中、息子さんが友だちの家に遊びに行って帰りが遅くなった日に、奥さんが一人でいたところを襲われたんです。奥さんは亡くなりまして、家にあった現金を十万ほど盗られました。犯人は現在逃走中です」

そんなふうにあっさり言われたら困る、と君は不平を言う。警官は、すまなそうに頭を掻いて、容疑者はね、いるんですが、現在証拠固めをしていて……、と言い訳をする。

そういえば、警官と話す機会があれば言ってやろうと思っていたことがあったかもしれない。あるなら45へ。いや、そんなものはない、というのなら18へ。

隣のビル

隣のビルの入り口がどこにあるのかは知らない。探してみようとしたことはあるのだが、ビルが建っているのが通勤路の逆の方向で、退社する頃には確認をしようと思ったこと自体忘れていたり、窓から見える建物の裏手が固まった側はあまりに入り組んでいて、建物全体が想像しにくく、いったいどんな顔をして道路に面しているのかがまったく想像できない。

地図で確認してみたことはある。「宝《たから》ビル」というなんの変哲もない名前で、会社や事務所が入っているのか、店が入っているのか、それとも人が住んでいるのか、それら全部なのかもわからなかった。宝ビルは、うちの会社がそのはずれに引っかかっている広大な住宅地の間をうねる複雑な道の突き当たりに面して立地していた。会社の窓からのぞく分には、すぐに手が届きそうなビルだったのだが、歩いて行くといろいろ回り込むはめになって、数分はかかりそうだった。

それでも見に行けば良かったんだけれども、ずっと仕事が忙しくてその気力がなかった。会社を出るとまっすぐに家に帰るか、宝ビルに回り込む道とは逆方向にある駅前の商店街のラーメン屋に行く以外のことは考えられず、職務の間の休憩時間にあれほどのぞいている宝ビルのことは頭からすっぽり抜け落ちていた。

一応、ネットで検索してみたこともある。けれども、あまりに凡庸な名前なので、日本の各地の「宝ビル」が表示され、住所で絞り込んでもさらに詳しい住所ぐらいしか出てこない、という埋もれ方をしていた。空き室もないようだった。

ロッカールームの窓の正面に見えるのは、いくつかの鉢植えと、二本の物干し竿《ざお》が設置された物干し台が置かれている宝ビルの屋上のフェンスで、目線を下げると三階の一室の窓が見えた。地上を見下ろすと、宝ビルと、うちの会社のビル、そしてもう二つの建物に挟まれた裏手ばかりが集まった交差点のような場所が見える。土の地面が剝《む》き出しで、ビルたちの裏庭とも言えそうなそこには、宝ビルに近い場所に一本の木が立っていて、小さなベンチが置いてあった。

木は木蓮《もくれん》だった。春先にはよく木蓮の花をぼんやり見下ろしてロッカールームでの休憩時間を過ごしたけれども、ほかの季節には何も変わったところがない葉をつけた木だったり、枯れ木だったりするので、私はだいたい宝ビルの建物を見ていた。

宝ビルと私の働いている会社のビルは、手を伸ばせば届きそうなほど近くにあり、窓から縁に飛び移って植木を育てている屋上のフェンスをつかんでよじ登れば中に入れそうだった。フェンスが、子供の頃よく足を掛けて上がったり下がったりしていた記憶のある金網でできているというのも、そういう妄想を助長した。

屋上の植木の生長や入れ替わりもよく見ていたけれども、私はそれ以上に三階の窓の方をよく見ていた。窓用エアコンが取り付けられたその部屋は、冬と夏は閉め切られていて、春と秋はときどき網戸を閉めた状態で窓が開いていた。うちの会社のビルと宝ビルは、ものすごく接近して建っていたので、網戸越しにもその部屋の様子ははっきりと見えた。

最初に目に入ってくるのは、古そうなソファだった。えんじ色の合皮が張られていて、脚はゴムキャップの付いたスチールが剝き出しという、あまり安らぎのなさそうなデザインのもので、二人掛けだが、クッションは一つしか置かれていなかった。クッションは、最初にのぞいた時は呑気そうな大輪のひまわり柄だったけれども、それからカバーを換えたのか、水色と黄緑の太いストライプに、「smile is everyday power」というどうでもいい文言が黒のフォントで印刷されたものに変わった。

その次に目に入ってくるのは、木製の特に変わったところのない座卓の窓側の半分だった。座卓の上に置かれているものは、アイスランドの国旗の柄のマグカップだったり、テレビかHDレコーダーのリモコンだったり、フリーペーパーだったり、その全部だったり、何も置かれていなかったりした。マグカップは、私がのぞき始めてから今まで一度も変わったことがなく、リモコンもおそらくそうで、フリーペーパーは最寄りの駅の路線のものではない、私が見たことのないものだった。

よく覚えているのは、ある日ミニオンの大きなぬいぐるみが、ソファと座卓の間の床にうつ伏せに倒れていた光景だった。べつにそれだけなら、そういう日もあるだろうで済むのだが、仕事が忙しくて一週間以上のぞかないでいた後にまたのぞきに行くと、同じように、ミニオンがうつ伏せに倒れていたということがあった。寸分違わず、と言うと言い過ぎかもしれないけれども、ミニオンは一週間前に見た時とほぼ同じ場所に倒れていたと思う。大丈夫か、と私は思った。それはミニオンに対してもだし、うつ伏せのミニオンを放置している住人に対してもだった。

そこに住んでいる人がどんな人なのか考えることもときどきあったけれども、結局男か女か、年を取っているのか中年なのか若いのかも見当がつかなかった。一人暮らしのように言っているけれども、もしかしたらもっと広い間取りかもしれないので、家族や友達同士や恋人同士で住んでいるのかもしれない。だったらミニオンのぬいぐるみを喜ぶような子供がいるかもしれない。けれどもうつ伏せのミニオンからは、所有の喜びは伝わってこなかった。

インテリアからは、こだわりらしきものはほぼ見受けられず、そのことが住人についてわかりにくくしているようでもあった。ただ暮らせたらいい、という感じだった。私もそうなので、そのことにはどこか共感した。

当たり前だが、のぞけない日ももちろんあった、というか、窓が開いていることの方が珍しく、そういう時はその部屋のカーテンを眺めて過ごした。カーキ色の無地のカーテンだった。

冬の終わりのその日、三階の窓用エアコンの部屋は、当然というか、窓が閉まっていた。昼休み明けからの作業を終えて用を足しに行った後、私はロッカールームに寄って窓を開けて、裏庭を見下ろしていた。まだ木蓮の花は咲いておらず、ベンチには誰も座っていなかった。というか、私はそのベンチに誰かが座っているのを一度も見かけたことはない。自分が座ってみようにも、うちの会社の一階に裏口らしきものはなく、どうやって行ったらいいのかわからなかった。

掛け時計を振り返って、そろそろ帰らないと常務が何か言うかもしれない、と思った。でも窓から下をのぞき込む体勢のまま、体が動かなかった。

おまえ、トイレが長すぎるんだよ！　と怒鳴られた。昨日のことだった。朝の三時間と十三時からの三時間、昼休み以外は用を足しに行く間もなく休みなく仕事をして、ようやく一段落してロッカールームで休憩をし、席に戻った時だった。エレベーターを降りた瞬間、尊大に肘掛け付きのチェアに腰掛けた常務が、両肘を肘掛けに預けたまま、おまえ、ちょっとこっち来い、と顎で示した。仕方なくそちらに行くと、トイレが長いと咎められた。私のことも見てたんだ、と思った。常務は一日中フロアを見渡せる自分の席に座っていて、何もしない。居眠りすらしない。目を開けて眠っているのかとすら思うけれども、苦々しさか見下しかのどちらかしかない表情を浮かべて、一秒も休まず気に入らないことを探しているようだった。他の人が怒鳴られていることもある。昨日は私だった。

たまにしか出勤しない重役を厭う話も聞くけれども、私はそういう職場がうらやましかった。うちの会社の常務は、自分の機嫌を損ねる事象のハンティングでもするようにずっとフロアで社員たちを見張っている。自分の家が雇っている社員というか使用人のような者たちが（親族経営だ）、休みなくきびきび働いているか、さぼったりしていないかを見張っている。

本当にそう思っているかどうかは知らない。けれども私にはそう見える。そこまでひどいことを考えてないだろうと思いつつも、常務がフロアに座っている佇まいからはそんな圧力を感じる。

私は昨日撃って怪我させたばかりの新しい獲物なので、きっとどのぐらい脚を引きずっているか、常務は興味津々といった態《てい》で観察しているだろう。だから朝からいつも以上に緊張していた。作業に集中しているうちはまだよかったけれども、作業が一段落してしまった今、もうどう振る舞ったらいいかわからなかった。困ったことに、次の仕事もまだ来ていなかった。たぶん、今までのデータの整理や、最悪デスクの整理をすることになるんだろうけれども、その状態を「さぼっている」と判断される可能性は低くなかった。フロアのほかの人たちに「手伝いますよ」と言っても良かったかもしれないけれども、予定表を見ても今日はみんなが仕事と仕事の谷間の日であることは確認できていたし、私以外の専門職の人たちの仕事を下手に覚えてしまうと、その仕事が湧くたびに永遠に押し付けられることは目に見えていた。常務は私のそういう計算が不快だったのかもしれない。私のような使用人にはそういう権利などないと思っていたのかもしれない。でもそれは、たぶん今の月給の範囲ではないはずだ。

そういうわけで、私は自分のデスクでやるべきことが見つからず、戻れずにいた。仕事を終わらせたのに、なんでこんな思いをするのかわからないと思う。窓を開けて、窓枠に肘を突いてぼんやりと宝ビルの屋上を眺めながら、自分はもうこの屋上を眺めるだけの存在になりたいと思う。

目が乾いてくるのを感じたので瞑《つむ》ると、今週に入ってから駅の近くで貼り出された求人ポスターが目に浮かんだ。生涯学習センターでの、身体や精神にハンディキャップがある人たちの就労支援の仕事だった。要資格だったが、私は大学でその資格を取得していた。給料は今より一万少なく、就業時間は同じで、通勤が三十分以上近かった。悪くない求人だったけれども、今の仕事をどうするんだろう、と思うと検討する気になれなかった。七年も同じ職場にいて、常務は嫌ではあるもののそれなりに仕事も身の処し方も覚えたし、と守りに入る気持ちもあった。

転職を考えようにも、今は疲れているから検討を避けていた。新しい判断すべきこととして持ち上がってくるその求人は、むしろ疎ましいとさえ言えた。何も考えたくなかった。できればこの場からしばらく消えたかった。意識を一時的に消滅させ、腹も空かず排泄《はいせつ》もしない存在として、二か月ほどいなくなりたかった。

宝ビルは、私の考えていることを受け入れるでもなく、はねつけるでもなく、そこに建っていた。窓用エアコンの部屋も、窓は閉まっていたけれども変わらずにそこにあった。ずっとそうだった。私はこのビルの一部を眺めながら、いつもいつもどうにもならない空想をして過ごしていた。話せる同僚はいつも忙しいし、私ばかり愚痴を言っていられるということもないから、あまり会社のことは話さない。私はその代わりにずっと目の前のビルを眺めていた。そしてビルはそれを咎めたことは一度もなかった。ここで打算なく自分を許して放っておいてくれるのは、この隣のビルだけなのではという気がした。

突然目の前の建物への親しみが自分の中にこみ上げてくるのを感じた。自分はこんなにこの建物に対して強い感情を持っていたのかと思った。その内訳や内実についてはいっさい説明できないにもかかわらず。

それは突発性と継続性の入り交じった感情だった。突発性の背中を継続性が強く押したと言ってもいいような気がする。自分は今いるこの建物の会社の社員である以上に一人の人間だと自認した。

一人の人間として今までやりたかったことについて考えた。下の階で威張っている常務を殴る。常務のデスクの上の書類をぐちゃぐちゃにしてばらばらに投げつけ、卓上の電話の底の側で頭を殴りつける。受話器で喉元を突く。

いや、そうじゃない。自分の欲望はそんな、常務に関係するような小さく世俗的なものではない。

私は再び宝ビルの屋上を見つめた。空は曇っていて雨が降りそうだった。窓からめいっぱい右手を伸ばすと、ビルの屋上の縁には十五センチ定規一本分ぐらいは届かなかったけれども、とにかくそのぐらいは届かないのだという見積もりができたことに私は安堵した。

何か踏み台になるものを考えて、私はロッカールームの近くの食堂から椅子を持ってくることにした。軽い丸椅子と、しっかりした背もたれ付きの椅子の二種類があって迷い、帰ってくるときのことを考えて背もたれ付きの椅子の方にした。

椅子を窓の下に設置し、私は社内用のサンダルを脱いで通勤用のスニーカーに履き替え、その上にのぼった。下の側の窓枠に足を掛けて再び右手を伸ばすと、真ん中の三本の指の第一関節が金網に引っかかった。届いてしまった、と思うとぞっとした。

私は左手でしっかりと上の窓枠をつかんで、両方の足を下の窓枠にのせ、少しだけ右側に体を傾けて、より強く金網をつかんだ。右手の指の第二関節は金網をすり抜け、すべての指がしっかりと根本まで金網をつかんだ。少し揺すってみたが、金網はびくともしなかった。

私は、手を出そうか足を出そうか迷ったあげく、左手を伸ばして同じように金網をつかんだ。右手ほどではないが、左手の指もかなりしっかりと金網に固定した。私はその時、隣のビルの屋上の金網を握り締めながら、自分の会社のロッカールームの窓枠に膝を曲げて中腰で立っているようなめちゃくちゃな状態で、そこからジャンプしていったいどれだけ跳べるんだよということを考慮しなかったのかと今にして考えるのだが、常務への不快感がそのまともと言える思考を覆い尽くしてしまっていたのだと思う。

下の方は見ずに、ただ目標である宝ビルの屋上の縁だけを見つめて、私は金網をつかむ両手に力を込めた。めいっぱい膝に力を込めて、私は跳躍した。

下半身がぐおんと重力に引きずりおろされる感覚に、叫び出したいような恐怖を覚えながらも、スニーカーの爪先の裏が宝ビルの屋上の縁に引っかかる感触にすがり、私は全力で金網の側に起きあがって、宝ビルの屋上の縁の内側に両足を滑り込ませた。仕事用のチノパンのふくらはぎの側がだいぶすりむけるのを感じたけれども、落ち込む以上に長いパンツを穿いていたから怪我しないですんでよかったと思った。

会社のロッカールームで放心している存在から、隣の宝ビルの屋上の金網の外側に張り付いている存在となった私は、それからは子供の頃に覚えのあることをするだけだった。金網に足を掛け、更に上の金網をつかんで登って上辺をまたいで、私は宝ビルの屋上の金網の内側に降り立った。

息を切らしていて、体中が汗にまみれているのを感じながら、自分が這《は》い出てきた窓を見下ろした。私が窓際に持ってきた椅子の座面と背もたれ、それと部屋に並んでいるロッカーの下の部分が見えた。同僚の女子の社員さんたちは、皆だいたい優しいので、窓を開けっ放しだったことを怒りはしないだろうけれども、椅子の存在をあやしくは思うだろう。電気を点《つ》けっぱなしなことは、常務にばれたら確実に怒られるが、それはどうでもいいように感じられた。

私は、しばらく曇った空を見上げて、宝ビルの屋上でやりたいことを考えた。物干し竿には、グレーのバスタオルが一枚だけ干されていた。鉢植えは、四段の階段状の台に一段四個ずつ、合計十六個置かれていて、どれもやっと茎が出てきて葉っぱを少しつけた程度で、どれがどういう植物かはよくわからなかった。

それから、宝ビルの屋上の四方から周囲を見た。私が働いている会社のビルは、宝ビルより三階高くて濃い灰色のタイルが陰鬱だった。宝ビルの入り口がある側は、地図で確認したとおり行き止まりの路地に面していた。向かいはコインランドリーで、突き当たりには一軒家があった。私は、住宅地の風景としては凡庸かもしれないが、自分がいつも出勤しているビルの近くにあるものとしては一度も見たことがない風景に小さく興奮した。会社のビルの反対側には、民家の屋根があった。赤茶色の瓦屋根で、年季が入っていそうだった。宝ビルの入り口が面している路地の反対側には、鉤型《かぎがた》をした平たいどこかの建物の屋上が広がっていた。何も置かれておらず、人が上がってくるための階段も設置されていない、無味乾燥な屋上だった。

鉢植えを一つ一つ見て、洗濯物のバスタオルを少しの間眺めて、四方を確認して、私はもう宝ビルの屋上でやれそうなことはほぼやってしまったことに気付いて、少し恐怖を感じた。会社のロッカールームの窓を見下ろしながら、来るのはなんとか来られたが、帰るのはかなり勇気がいりそうだと思った。宝ビルの側には金網というつかまる対象があったけれども、会社のビルはただ窓が開いているだけだった。そしてビルとビルの間には、地上四階分の奈落が広がっている。

外はまだ寒いのに、また体中に汗が噴き出すのを感じながら、私は宝ビルの屋上の出入り口にある青いドアに駆け寄った。数歩の間に、いろいろなことを考えた。これが開かなかったら、自分は会社のロッカールームに人がやってくるのを待って助けを求めるのか、とか、こんなことが会社にばれたら普通に解雇されるだろう、とか、このビルの中の人に連絡できるようにせめて携帯を持って出るんだった、とか、そんなことをしてもどのみち会社にはばれてクビだろう、とか。最悪不法侵入とかで警察に連れて行かれるんじゃないか、とか。

汗だくの手のひらで握りしめた宝ビルの屋上のドアレバーは、奇跡的に九十度回った。鳥肌が立った。私は、息を荒くしながら身を縮めるようにして、宝ビルの中に入っていった。


屋上の出入り口のある階段室には、黄ばんだ蛍光灯が点灯していて、「屋上→／←三階」という厚いプラスチックのパネルを照らしていた。蛍光灯の色もさることながら、パネルの書体が明朝体《みんちょうたい》だったのも、宝ビルのある種の古さ、ひいては風格を象徴しているようで興奮した。

太い手すりに身を隠すように三階に降りると、目の前が突き当たりになっていて、左右は空いているT字の廊下に出た。廊下の床は抹茶のようにくすんだ古めかしい緑色で、目に入る範囲の壁の色はベージュだった。廊下の隅には消火器が設置してあった。

T字の廊下の分岐する場所に立つと、左右の両側に針金の入ったすりガラスの窓があるのがわかった。暗さやぼんやり透けて見える外の色の感じから、右手が私の職場のビルのある方、左手が赤茶色の屋根の民家のある方だというのが判別できたけれども、私は、改めて宝ビルの窓から自分が働いている会社のビルを見るということをしたくて、暗い方の窓に近づいてみた。錠前は固かったが、やはり開いて、重い窓を両手で開け、私はしばらく会社のビルの壁に見入った。グレーで、正面からややずれた所にただ閉め切った窓があるだけでなんの面白味もない。すりガラス越しにキャビネットの裏のようなものが映っているその窓が、自分の働いている会社のどの部屋かを考えて、資料室だと思い至った。窓を開ける必要がないので、これまでの仕事の資料が収められたキャビネットでふさいでいるのだ。とりつくしまもない。

斜め上の方で開いているロッカールームの窓だけが興味をそそったけれども、天井しか見えなかった。こちらのビルの窓用エアコンの部屋があんなに見えるのに、なんてケチな建物なんだと私は思った。

縁もゆかりもない隣のビルの窓を勝手に開け、自分が働いてる建物に対して苛立《いらだ》ちを募らせた後、私は宝ビルの三階の部屋のドアを見て回った。最初に確認したのは私がいつものぞいていたと思われる部屋の表札で、ひどい罪悪感があったけれども見ずにはいられなかった。部屋の主は「内」さんという人だった。「うち」と読むのだろうけれども、素っ気ない字面がかえって部屋の主のイメージを後退させるようで、自分の詮索しようとする気持ちを逸《そ》らせられて安心した。屋上の階段への通路を挟んだ隣の部屋の表札には「森井」とあって、廊下を挟んだ続きの二部屋のうち、片方は「田中」で、もう片方には表記がなかった。

ミニオンが倒れていた部屋の様子を思い出しながら、廊下の端にある窓の反対側の階段を降りようとすると、下の方から階段を上がってくる足音が聞こえて私は青ざめた。

屋上への階段に続く通路なら身を隠せそうだと回れ右をしたけれども、遅かった。階段を上がってくる女の人と目が合ってしまった。右手に茶色い紙袋を持っていた。彼女は「内」さんだろうか、「森井」さんだろうか、それとも「田中」さんだろうか。それとも……。

私と同い年ぐらいに見える女の人は、一瞬はっと目を見開いて口を開けた後、すぐに私に向かって背を向け、階段を降りようとした。私は、すみません！　ごめんなさい！　迷い込んできてしまって！　と弁明した。黙って降りて彼女を追い越し、そのままビルから走り出たらよかったのかもしれないけれども、なぜか声を出してしまった。女の人は立ち止まって、「迷い込む？」と私を肩越しに振り返った。

「申し訳ないです！」

女の人は私の目を見ながら、ゆっくりと階段を上がってきた。運が良かった、と今は思う。彼女がここであっさり警察などに連絡していたら、私はすぐに連れて行かれていただろう。

私は両手を挙げ、階段の真横にある「森井」さんの部屋の壁に張り付いた。「内」さんとも「森井」さんとも「田中」さんともつかない女の人、もしかしたら彼らを訪ねてきただけの別の名字を持つ女の人は、私をじっと見つめながら前を通り過ぎて、廊下の分かれ道まで歩いていった。

私が階段を降りようとすると、「どちらから？」と女の人は声をかけてきた。なぜその時黙って降りて逃げていかなかったのだろうと今は思うけれども、私はばか正直に答えてしまった。

「隣のビルです」

「そこの？　グレーのやつですか？」

私はうなずいた。誰かに知ってほしかったのかもしれなかった。自分のこの侵入は、隣のビルを支配している人たちへのねじ曲がった抗議なのだと。

「隣、ちっさい会社なんですけど、重役から〈トイレが長い〉って難癖付けられて。朝の九時から六時間ずっと働いて、休憩した後のことなんですけど」

知るか、と一蹴されてもおかしくなかったけれども、女の人は訝るような顔で私の話を聞いていた。

「隣のビルから来られたんですよね？」

「はい。怒られた腹いせと、気晴らしに」

どうかしてたんです、と言うと、女の人は少し表情をゆるめて、そういうこともありますよね、と言った。

同い年ぐらいの人、としか言いようがなかった。私より年上にも、年下にも見えなかった。

それで自分と同じぐらい疲れているように見えた。私は、ミニオンが倒れたままの部屋のことが頭をよぎるのを感じて、いたたまれなくなった。この人が「内」さんなんじゃないだろうか、と直感した。

「隣からよくこのビルを見てて、憧れみたいなものがあって。変かもしれないですけど」

宝ビルが外から見て憧れられるようなビルでないことは、利用者ではない私から見てもなんとなくわかった。でも仕事から心を逃がしてくれる場所ではあったのだ。確実に。私は、憧れという言葉に釣り合う何かを必死で記憶の中に探した。

「木蓮が」建物と建物の狭間《はざま》に植わっている花木のことを思い出した。「春になると毎年咲いてて。それをうらやましいなあってのぞき込んでました」

それにベンチもあるし、ゆっくり眺められるのが、と付け加えると、女の人は軽くうなずいた。

「木蓮ね。そういえば大家さんが、今日ちょっとだけ咲いてたって言ってました」

「そうなんですか？　上から見てるだけじゃわからなかったです」

「気持ち陽当《ひあ》たりのいい方から咲いていくような感じなんです。お隣のビルの側は光があまり入らないんで遅いような」

女の人はそこまで言って、いや、文句を言ってるんじゃないですよ、と軽く手を振った。

私は自ら女の人と話し続けてしまって、明らかにその場を離れる機会を逃していた。自分の中で、何をしているんだ、と咎める部分と、もうどうにでもなれ、と投げやりになる部分がせめぎ合っていた。

「良かったらなんですけど、下のベンチでコーヒーでも飲んで行かれますか？」

女の人は、茶色い紙の袋を少しだけ持ち上げて私に見せた。袋にはどこかの地図をあしらったエンブレムと、『宝コーヒー』という文字が印刷されていた。

「いいんですか？」

「いいですよ」

ちょっとそこで待っていてください、お時間はあります？　とたずねられて、はい、とついうなずいてしまうと、女の人は「内」の表札のドアへと入っていった。ああやっぱり自分はこの人の部屋をのぞき込んでいたんだ、と心が痛んだ。

しばらく経った後、女の人、つまり内さんは、湯気の立つマグカップを二つ持って部屋から出てきた。片方はよく見かけたアイスランドの国旗のもので、もう片方にはブリューゲル父の『バベル』がプリントされていた。内さんは私に『バベル』の方を渡して、じゃあこちらへ、と私の先に立って階段を降りていった。私が二階の廊下を覗き込むように身を乗り出すと、詳しく見て行かれます？　と内さんは立ち止まった。

「私の隣に住んでる森井さんがやってる学習塾と自習室、下の階にある特殊工具の会社のショールーム兼倉庫、大家さんの事務所がありますよ」

内さんに、すみません、と告げてドアを素早く見て行くことにする。二階も三階と同じ間取りになっているようだったが、「森井修学塾」や「カマタ工具ショールーム」といった看板代わりのパネルのようなものが目立つようにドアに掛けられている。パネルのないドアの横の壁には「自習室（水道の蛇口は必ずしめてください）」という張り紙があり、もう一つの部屋には「事務室」とホームセンターで買ってきたような小さなプラスチックの札が掛けられている。

特に変わったところはないテナントに思われたけれども、何年もずっと眺めていたビルの中でどのような営みが行われていたのか、というヒントが与えられただけでも、私は少し感動した。もっと早く会社のビルからこのビルに渡っていてもよかった、とさえ思った。

それから一階に降りた。内さんの話によると、一階はこのビルの大家さんの親族が経営しているというコーヒーの卸業者「宝コーヒー」と、それに付随する閉店してしまった喫茶店の店舗、ビル設立当初からある整体のクリニック、そして二階にショールーム兼倉庫を借りているカマタ工具の会社があるそうだ。

「カマタさんはよそに工場を持っていて、以前は自社で製品を作っていたそうなんですけど、今は規模を縮小して、問屋の仕事が中心みたいですね」

内さんの話を聞きながら、ただロッカールームから眺めているだけだったビルの中身がますます立体的になっていくことに率直な喜びを覚えた。

「コーヒーを自分の家の一階で買えたら便利ですね」

「そうですね。安かったし、これから面倒になるな」内さんは含みのあることを言って、すぐに続ける。「私、来週引っ越すんですよ」

そう言って、裏口と思われるドアを開ける。すぐ近くにいつも四階から見下ろしていたベンチがあって、目の前には木蓮の木が植わっていた。確かに、日の射《さ》す方向に伸びた枝には、二輪ほどきれいに花が咲いていた。

どうぞ、私のじゃないけど、とベンチを勧められて、私は座った。固い木のベンチだった。私はブラックで飲むことはほとんどないのだが、内さんが淹れてくれたコーヒーはおいしかった。

「すごくおいしいです」

「よかった。買いに来てください。コスタリカ産らしいです」

私の隣に座った内さんは、木蓮の木を見上げて、両手でマグカップを口に運んだ後、私がいることを忘れているみたいに大きな溜め息をついた。内さんがどんな事情を抱えているのかなんてわからないけれども、わかる、と私は無責任に思った。冬の終わりの空気は、ほどよく冷たく澄んでいて気持ちが良かった。ずっとこのぐらいがいいと思った。

「驚かせた上に、コーヒーまでごちそうになってすみません」

「いえ。私自身なんでこんなことにお誘いしたのかわからないですし」

内さんはそう言うけれども、あと一週間で引っ越すのなら、理解できないことはないようなな行動に思えた。

「上司に怒られた話をされたからかな。それで害のある人ではないような気がして」

私も前の職場で上司がいやな人だったから、と内さんは続けた。

「引っ越されることと何か関係がありますか？」

「そうですね。それで仕事をやめて、再就職のために引っ越すんです」それから内さんは、ここから四つ離れた県の名前を出した。遠いところだ。「ここに住むことは気に入ってたんで、あんまり出たくないんですけど。ここより狭くなっちゃうし」

「ここ、居心地良かったんですか？」

「なんかそれも違うけれども、まあちょっと広かったし、家賃も安かったですしね」

私が覗いている限りでは、住んでいる喜びはあまり感じられない部屋だったけれども、住人の内さん自身は満足していたのか、と思うと、何かほっとするものを感じた。むしろ、満足しているからこそ、窓を開けようという気持ちにもなったのかもしれない。あまりにも閉塞しきっていると、隣の建物から見えるかもしれない窓なんか開ける気にもならないのではないか。

私は、いろいろと内さんについて詮索してしまいながら、同時にのぞきをしていたことの申し訳なさもこみ上げてくるのを感じた。

「うちの会社のロッカールームから、お部屋がときどき見えたんです。それで見てました。本当にすみません」

でも人がいたりしたらすぐにやめようと思っていました、と言い訳を付け加えながら打ち明けると、まあ、そういうことがぜんぜんないとも思ってはなかったんで、と内さんは複雑な表情をした。

「周りのほかの建物にも窓はありますし、だから、窓から見えそうな範囲には変な物を置いたりはしないように気をつけてましたし。見ててもつまんない部屋だったと思いますよ」

私はそれにうなずきかけて、けれども押しとどめた。つまらなかったなんていうことはなかった。それでもこの部屋の人はうちの常務の餌場にはいないんだ、と思えるだけでよかった。確実に職場の外に世界があり、そこで人が生活しているということを間近に感じられるだけでよかった。

「つまんなくなんてないですよ。社内は本当に息苦しいから、誰か違う人がそこで生活をしてるんだってだけでよかった。どんな人が住んでるんだろうってずっと考えてたけど、わからなかったです」

「私なんですね、これが」

内さんはふざけたようにそう言って、マグカップをベンチに置いた。失礼ですが、と年齢を訊くと、私より三つ年上だった。私は、もしかしたら答えてくれるのではないかと思って、ミニオンがうつぶせに倒れていた件についてたずねた。ずっとうつぶせだったのかと。

「あれね。たぶん当時付き合ってた人と別れたばっかりだったんだけど、その人にもらったものだから、もう持ち上げることすらできなくてね」

あんな軽いものなのに、腕が拒否する感じ、わかりますか？　と訊かれて、私はうなずいた。おそらく四週間はあのまま倒れていたと聞いて、思ったより期間が長くて驚いた。

内さんと話しながら、外にはこんな人がいるのかと私はどこか肩の荷が下りたような気分で考えた。頭の中の尊大な常務の佇まいが、消えはしないが遠ざかって、そのまま見えなくなるような気がした。

今週のどこかに有休を取って、朝見かける求人の面接を受けようと思った。もしそれがだめでも、次の何かへのきっかけにはなってくれるだろう。

久しぶりに、窓が開いたような気分になった。こんな気持ちにさせてくれたのに、自分は内さんに何も返すものがない、と思って、実は私、隣のビルの窓から屋上に飛び移ってきたんです、と間抜けなことを打ち明けると、内さんは目を丸くして私を見やって、すごい、と口元をほころばせた。

「本当に申し訳ないんですけど、警察には言わないでください」

「変な怒られ方したんでしょ」

まあ不法侵入だけど、誰かに八つ当たりするよりはいいんじゃないですか、と内さんは続けた。

私は、自分がしでかしためちゃくちゃな越境行動の考え得る限りの最悪の顚末《てんまつ》を思い、それでもたまたま見つかったのがこの人で良かった、ものすごく運が良かった、と思った。自分がまだ運が良いと思えることがあるのが意外だった。

まだ自分にこんな運があるんなら、もうあいつに傷付けられないところへ行こう、と私は決めた。

初出

サキの忘れ物　（「文藝」2017年秋季号）

王国　（「GRANTA JAPAN with 早稲田文学　03」）

ペチュニアフォールを知る二十の名所　（「小説トリッパー」2015年夏号）

喫茶店の周波数　（「yomyom」vol.21）

Sさんの再訪　（「読売新聞大阪本社版」2015年4月2日朝刊）

行列　（「新潮」2019年9月号）

河川敷のガゼル　（「三田文学」2016年春季号）

真夜中をさまようゲームブック　（「美術手帖」2015年10月号）

隣のビル　（「カドブンノベル」2020年1月号）

津村記久子（つむら・きくこ）

1978年大阪市生まれ。2005年「マンイーター」（のちに『君は永遠にそいつらより若い』に改題）で太宰治賞を受賞してデビュー。08年『ミュージック・ブレス・ユー!!』で野間文芸新人賞、09年「ポトスライムの舟」で芥川賞、11年『ワーカーズ・ダイジェスト』で織田作之助賞、13年「給水塔と亀」で川端康成文学賞、16年『この世にたやすい仕事はない』で芸術選奨新人賞、17年『浮遊霊ブラジル』で紫式部文学賞、19年『ディス・イズ・ザ・デイ』でサッカー本大賞、20年「給水塔と亀」（The Water Tower and the Turtle）」（ポリー・バートン訳）でPEN／ロバート・J・ダウ新人作家短編小説賞を受賞。他に『とにかくうちに帰ります』『エヴリシング・フロウズ』などの著書がある。

サキの忘《わす》れ物《もの》

二〇二〇年六月二五日　発行

著者／津《つ》村《むら》記《き》久《く》子《こ》

発行者／佐藤隆信
発行所／株式会社新潮社
郵便番号 一六二―八七一一
東京都新宿区矢来町七一
電話　編集部（〇三）三二六六―五四一一
　　　読者係（〇三）三二六六―五一一一
https://www.shinchosha.co.jp

印刷所／大日本印刷株式会社
製本所／加藤製本株式会社

ISBN 978-4-10-331982-5 C0093

草薙の剣　橋本治

10代から60代、世代の異なる6人の男たちを主人公に、戦前から戦後、平成の終わりへと辿る日本人のこころの百年。デビュー40周年を記念する畢生の長篇。

湖畔の愛　町田康

ようこそ、九界湖ホテルへ。ここは笑いと愛のニルバーナ！　龍神の棲む湖畔には今日も一面、霧が立ちこめて。響きわたる話芸、天変地異を呼びおこす笑劇恋愛小説。

庭　小山田浩子

ままならない日々を生きる人間のすぐそばで、虫や草花や動物達が織り成す、息をのむような世界――。それぞれに無限の輝きを放つ小さな場所をめぐる、15の物語。

公園へ行かないか？　火曜日に　柴崎友香

世界各国から集まった作家たちと、英語で議論をし、小説を読み、街を歩き、大統領選挙を間近で体験した著者が、全身で感じた現在のアメリカを描く連作小説集。

文字渦　円城塔

昔、文字は本当に生きていたのだと思わないかい？　秦の始皇帝の陵墓から発掘された三万の漢字。文字の起源から未来までを幻視する全12篇。《川端賞受賞作》

図書室　岸政彦

40年前の冬の日、あの図書室で知り合った同い年の少年と二人、私は世界の終わりに立ち会った。大阪で一人生きる女性の追憶を綴る三島賞候補作。自伝エッセイ併録。